EDIÇÕES BESTBOLSO

O evangelho segundo o Filho

Entre as décadas de 1960 e 1970, o escritor Norman Mailer foi um dos expoentes do novo jornalismo, gênero que incorporou técnicas da literatura às reportagens. Ganhador do prêmio Pulitzer em 1969 e em 1980, a obra de Mailer é bastante politizada e crítica à sociedade norte-americana. Ao longo de seis décadas, o autor também produziu textos para o cinema e o teatro. Norman Mailer nasceu em 1923 em Nova Jersey e vive nos Estados Unidos.

Norman Mailer

O EVANGELHO
SEGUNDO O FILHO

Tradução de
MARCOS AARÃO REIS e
VALÉRIA RODRIGUES

2ª edição

CIP-Brasil. Catalogação-na-fonte
Sindicato Nacional dos Editores de Livros, RJ.

Mailer, Norman, 1923-

M183e   O evangelho segundo o Filho / Norman Mailer; tradução de Marcos
Aarão Reis e Valéria Rodrigues. – 2ª edição – Rio de Janeiro: BestBolso,
2007.

Tradução de: The Gospel According to the Son
ISBN 978-85-7799-014-6

1. Jesus Cristo – Ficção. 2. Ficção americana. I. Reis, Marco Aarão. II.
Rodrigues, Valéria. III. Título.

07-2220

CDD – 813
CDU – 821.131.(73)-3

O evangelho segundo o Filho, de autoria de Norman Mailer.
Título número 015 das Edições BestBolso.

Título original norte-americano:
THE GOSPEL ACCORDING TO THE SON

Copyright © 1997 by Norman Mailer
Todos os direitos reservados.
Copyright da tradução © 1997 by Distribuidora Record de Serviços de
Imprensa S. A. Direitos de reprodução da tradução cedidos para Edições
BestBolso, um selo da Editora Best Seller Ltda. Distribuidora Record de
Serviços de Imprensa S.A. e Editora Best Seller Ltda. são empresas do
Grupo Editorial Record.

O evangelho segundo o Filho é uma obra de ficção. Nomes, personagens,
fatos e lugares são frutos da imaginação do autor ou usados de modo fictício.
Qualquer semelhança com fatos reais ou qualquer pessoa, viva ou morta, é
mera coincidência.

www.edicoesbestbolso.com.br

Ilustração da capa: Mateu Velasco, a partir da imagem da capa publicada pela
Random House Inc. (1997)
Design de capa: Carolina Vaz

Todos os direitos reservados. Proibida a reprodução, no todo ou em parte, sem
autorização prévia por escrito da editora, sejam quais forem os meios empregados.

Direitos exclusivos de publicação em língua portuguesa para o Brasil em formato
bolso adquiridos pelas Edições BestBolso um selo da Editora Best Seller Ltda.
Rua Argentina 171 – 20921-380 – Rio de Janeiro, RJ – Tel.: 2585-2000
que se reserva a propriedade literária desta tradução.

Impresso no Brasil

ISBN 978-85-7799-014-6

Para Susan, Danielle, Elizabeth, Kate, Michael,
Stephen, Maggie, Matthew e John Buffalo

Agradeço a minha mulher, Norris; a minha assistente, Judith McNally; a meus amigos Michael Lennon e Robert Lucid; a Veronica Windholz; e a James e Gaynell Davis, que tantas contribuições deram a esta obra. E a Jason Epstein, Joy de Menil e Andrew Wylie.

1

Naqueles dias, eu era um daqueles que desceu de Nazaré para ser batizado por João, nas águas do Jordão. Segundo o Evangelho de Marcos, em minha imersão, os céus se abriram, vi "um espírito sob a forma de uma pomba, descendo" e uma voz poderosa disse: "Você é Meu filho amado e em ti Eu me sinto bem satisfeito." Então, o Espírito me conduziu ao deserto, onde permaneci durante quarenta dias, e onde Satã veio me tentar.

Embora eu não diga que as palavras de Marcos sejam falsas, elas contêm muito exagero. E mais ainda as de Mateus, Lucas e João, que me atribuíram frases que nunca proferi, descrevendo-me como amável, quando eu estava pálido de ira. Eles escreveram muitos anos depois de minha partida, apenas repetindo o que escutaram de homens mais velhos. Homens bem mais velhos. São histórias tão sem fundamento quanto um arbusto desprendido de suas raízes e que vagueia ao léu, tangido pelo vento.

Portanto, farei meu próprio relato. Aos que eventualmente perguntarem de que modo minhas palavras chegaram a estas páginas, direi que se trata de um pequeno milagre – meu evangelho, afinal, falará de milagres. Contudo, minha expectativa é chegar tão perto da verdade quanto possível. Marcos, Mateus, Lucas e João buscavam aumentar seu rebanho. E o mesmo vale para outros evangelhos, escritos por outros homens. Alguns desses escribas só falariam aos judeus que se prontificaram a me seguir após a minha morte, e alguns pregaram apenas para os gentios, que odiavam os judeus, embora tivessem fé em mim. Posto que cada um empenhava-se no fortalecimento da sua própria igreja, como poderiam não misturar o que era verdade com o que não era? Todavia, como de todas essas igrejas somente uma prevaleceu, e essa escolheu apenas quatro evangelhos, as demais foram condenadas por igualar "palavras imaculadas e sagradas" a "mentiras descaradas".

Se tivessem sido escolhidos quarenta, em vez de quatro, nem assim seria possível dar conta da verdade, que pode estar conosco, num lugar, e enterrada em outro. Portanto, o que vou contar não é uma história simples nem sem surpresas, mas verdadeira, pelo menos considerando tudo aquilo de que me lembro.

2

Durante 14 anos fui um dos dez aprendizes na carpintaria de José, e nosso trabalho inicial de principiantes consistia em cortar toras. Usávamos a parte afiada do machado como uma cunha, dividindo o tronco ao meio, ao longo de sua extensão. Fazíamos isso sucessivamente, até obtermos diversas pranchas toscas. E era preciso ser bom, para guiar a pesada peça de ferro e depois aplainar as tábuas, até que ganhassem a forma adequada.

Comungar com a madeira – eis a parte mais difícil da tarefa. Sabíamos bem que as maçãs da árvore do Éden possuíam o conhecimento do bem e do mal; às vezes, parecia que ambos estavam guardados no lenho. O menor dos erros podia trair nossa ferramenta e pôr a perder dias de dura lida – não raro, a tábua se dividia quase que espontaneamente. Passei a acreditar que, mesmo em estado bruto, ela tinha a capacidade de agir com discernimento (e com muita vontade de praticar o mal). Um homem perverso, pelo contrário, ao fingir-se de árvore do bem, fatalmente entristecerá as folhas que pendem de seus galhos.

Ainda assim, a realização daquele trabalho nos propiciava sabedoria. Quando o serviço corria bem, eu me sentia em paz. O aroma que um baú bem-feito exalava equivalia a um cumprimento, e bons espíritos tornavam-se sensíveis entre a textura da madeira e minha mão. Não sei explicar isso. Em casa, não nos referíamos a nada semelhante. Éramos essênios, entre todos os judeus, os mais rígidos no nosso culto a um só Deus, e desprezávamos as religiões romanas politeístas. Falar aos familiares a respeito de um espírito de madeira seria pagão, e eu fora educado para manter a mesma devoção de José, o carpinteiro, marido de minha mãe. Ele vestia túnicas brancas enquanto não estava na oficina, lavando-as freqüentemente, não importa quão baixo estivesse o nível da água do poço. O asseio era uma das características dos essênios.

Raramente nos casávamos, e um homem só se deitava com sua mulher atendendo à voz de Deus, ordenando-lhe que fizessem uma criança. Os não essênios diziam que em breve estaríamos extintos, a menos que fôssemos capazes de promover mais conversões.

Que fique claro, então: fui educado para não buscar mulheres ou sequer me aproximar delas. Devíamos viver como guerreiros, dedicados ao Senhor, evitando tudo quanto pudesse enfraquecer nosso propósito. Essa norma tinha caráter obrigatório, ainda que o santo combate consumisse a duração da vida.

3

Terminei o aprendizado aos 27 anos e me tornei mestre, sempre labutando com José. Vendo-o como meu pai, vários aprendizes tiveram ciúme de mim, mas a verdade é que ele servia a Deus tratando os que trabalhavam na carpintaria com o mesmo respeito que dedicava ao próprio trabalho. Percebendo o meu zelo, José acenaria com a cabeça, ponderando:

– Se fosse a vontade de Deus, você daria um bom carpinteiro.

O que queria dizer com aquilo? Virava sempre a cabeça ao fazer tal comentário, apertando os lábios, como que guardando um segredo.

Idoso, com memória debilitada, esquecera-se de ter me revelado, quando eu tinha 12 anos, a verdadeira história de meu nascimento. Menos ainda permanecera na minha mente, posto que ouvira a narrativa desses eventos na viagem que fizéramos de volta a Nazaré, vindos do Grande Templo, em Jerusalém, e suas palavras estavam bastante longe da compreensão de um menino; além do mais, logo a seguir, caí num longo estado febril. Aparentemente, toda a narrativa de José se perdeu. Contudo, não considero que tenha sido a febre a causa do esquecimento, mas minha própria resistência a tais recordações. Só depois de passados 18 anos, quando ingressei na casa dos trinta, e enlutado pela sua morte, é que pude recuperar o que ele dissera quando eu tinha 12 anos.

Naquele período, minha família, juntamente com outros essênios de Nazaré, ricos e pobres, costumava ir a Jerusalém, na semana anterior à Páscoa dos hebreus. Vestidos de branco, viajávamos em grande grupo, a fim de evitar os bandos de ladrões de estrada. A jornada durava três dias, da aurora às sombras, galgando colinas e atravessando vales e desertos. Depois do meu décimo segundo ano de vida, porém, minha família nunca mais fez essa peregrinação.

Depois daquela última visita, ao cruzar o último portão de Jerusalém, de regresso à casa, afastei-me da procissão e voltei ao Grande Templo. Uma vez que todas as crianças de Nazaré tinham permanecido juntas, minha mãe só se deu conta da minha ausência quando a manhã já ia alta.

Não me encontrando entre amigos, parentes ou vizinhos, Maria e José apressaram o passo rumo ao Grande Templo, indo encontrar-me num dos pátios, cercado por numerosos sacerdotes e doutores. Perplexos, meus pais me viram, não apenas confortavelmente sentado no meio dos eruditos, mas conversando com eles.

Segundo José e Maria, minhas palavras eram dignas de um profeta: um milagre.

Mais tarde, depois da morte de José, acreditando que devia pregar, perguntei à minha mãe o que dissera naquele dia, no Templo, 18 anos atrás. Mas ela se limitou a informar que não poderia repetir minhas tão sagradas palavras, assim como não ousava dizer em voz alta o nome do Senhor. Apesar da sua recusa, acudiu-me uma lembrança mais clara e fiquei deleitado com minha sabedoria.

O que dissera, afinal? Verbalizados, os pensamentos não me pareceram simplesmente sagrados, mas de difícil compreensão. Pois, naquele tempo, na sinagoga, os sábios costumavam envolver-se em discussões eruditas a respeito do Verbo – teria ele sempre estado com Deus?

O Evangelho de João, escrito muitos anos depois da minha partida, começaria assim: "No início era o Verbo e o Verbo era Deus." Nos meus 12 anos, entretanto, a questão ainda estava em debate. Teria Deus feito a nossa carne conforme a carne dos animais, ou nos criara à Sua semelhança?

De repente, lembrava-me de ter dito àqueles homens instruídos que o Verbo existira antes na água, da mesma forma como o ar que expelimos dos pulmões e transporta o que sai de nossa boca, tal qual a névoa de uma fria manhã de inverno. Porque as nuvens trazem a chuva, o Verbo vive no líquido contido em nossa respiração. Conseqüentemente, pertencemos a Deus, já que todas as águas são Dele, assim como todos os rios descem na direção do mar.

Naquela hora, voltando-se para minha mãe, os sacerdotes lhe afiançaram que "nunca escutamos alguém tão jovem demonstrar tamanha sabedoria"; o elogio, segundo imaginei, é que motivara José a falar sobre meu nascimento, durante a viagem de volta a Nazaré.

O que relato agora é a versão que me veio à memória em meu trigésimo ano de vida, enquanto rezava no seu funeral. Orando, eu revia José desviar o rosto, tão nitidamente como no momento em que me contou que não era meu pai.

4

Antes de eu nascer, José tinha sido viúvo. Muitos anos mais velho do que minha mãe, ele lhe pedira que considerasse a possibilidade de se casarem. Sendo um essênio, garantiu que respeitaria a diferença de idade entre eles: a fim de protegê-la, ele primeiramente cumpriria o papel de guardião, após o que podiam unir-se em matrimônio. Ela concordou. E José esperou.

Então, uma noite, o anjo Gabriel entrou no quarto de minha mãe. Conforme ela contaria a José, mais tarde, o mensageiro de Deus falou:

— O Senhor está contigo. Bendita és tu entre as mulheres.

Maria também era uma essênia, assim como sua mãe. A virtude construíra uma cerca em torno de outra, guardando-a. Entretanto, Gabriel estava radiante e a alvura de sua túnica resplandecia como o luar. Embora lisonjeada, sob aquela luz, ela tremeu, sentiu-se frágil, abandonada por tudo o que conhecia.

O anjo disse:

— Foste ao encontro do favor de Deus, Maria, e deves conceber em teu ventre, e gerar um filho, a quem darás o nome de Jesus. Ele crescerá e será chamado Filho do Altíssimo.

Tais palavras constam do Evangelho de Lucas, mas segundo minha mãe o espírito celestial falou pouco. Ela conhecera a glória do Senhor (mesmo que apenas por um instante) e soube, devido à mudança que a graça divina operou em seu seio, que já tinha o filho dentro de si. A fragrância do ar era mais doce do que a de qualquer jardim. Então o anjo partiu, sem tocar sequer em sua mão.

Quando soube da gravidez, José foi ao chão, lamentando-se.

— Que prece devo rezar? — indagou. — Em benefício dela ou meu? Pois ela era virgem e não a protegi. — A seguir, zangado, criticou-a: — Por que causaste tamanha vergonha a ti mesma?

Irrompendo em pranto, Maria jurou:

— Sou inocente, jamais conheci um homem.

Desatinado, José não sabia o que fazer: não podia burlar a lei, escondendo o pecado de Maria, e se o contasse aos sacerdotes essênios, certamente ela seria apedrejada. Decidiu então que a afastaria de si discretamente.

José planejou escondê-la junto aos parentes que moravam nas colinas, a oeste. Porém, enquanto Maria esperava uma criança há seis meses e fora visitar sua prima, Isabel, que vivia nas colinas situadas a leste, uma voz se fez ouvir durante o sono de José, ordenando:

– Tome a jovem mulher como esposa, pois ela não engravidou de um homem, e esse filho é abençoado.

Ao abrir os olhos, José estava convicto de que deveriam se casar. Assim, tão logo Maria retornou a Nazaré, José a desposou mas, escrupuloso, não a conheceu, nem desejou conhecê-la, até que nasci. Batizaram-me como Jesus, ou Yeshua, no rude dialeto da aldeia. Esse ainda era meu nome no dia em que conheci João Batista, e fui abençoado por ele, para depois passar quarenta dias no alto de uma montanha, no deserto. Porém, antes que possamos discorrer sobre aqueles dias, há muita história para contar, e parte dela transcorreu antes do meu nascimento.

5

José orgulhava-se de sua genealogia, que remontava ao rei Davi, pai do rei Salomão. Por isso, desejava que o parto da esposa fosse em Belém, terra natal de Davi e dele próprio.

Ainda que pesada de mim, Maria se orgulhava da linhagem de José e resolveu encarar os três dias de viagem, de Nazaré a Belém. Não houve qualquer outro motivo que justificasse tal jornada. Também é verdade que nasci numa manjedoura, à luz de uma vela. Como todos agora sabem, não havia quartos disponíveis na estalagem.

Uns poucos pastores, que guardavam seus rebanhos nos campos ao redor, vieram à manjedoura assim que eu nasci. Um anjo apareceu a eles e apontou o celeiro, dizendo: "Hoje nasceu Cristo, o Messias do Senhor."

Os pastores contaram para tantos homens e mulheres sobre a aparição do anjo que logo chegou aos ouvidos de Herodes, rei de Israel, a notícia de que tinha ocorrido um nascimento sagrado em Belém. Herodes percebeu logo que um recém-nascido sob tal proteção poderia, um dia, tornar-se rei. E ele não precisava de outros reis.

6

No ano do meu nascimento, Herodes já era um velho. O povo já não comentava seus feitos guerreiros em Israel. Mas na juventude seus triunfos tinham sido tantos que isso o tornara lascivo, e ele tomara dez esposas.

Ninguém em Israel o amava. Era um idumeu, do sul da Judéia, judeu apenas no nome, em verdade um pagão. César o fizera sentar-se no trono para governar todos os hebreus a mando de Roma, e ele colocara imagens entalhadas da águia romana nos portões do Grande Templo, um sacrilégio, segundo os mandamentos. Afligido pela suspeita, duvidou inclusive da fidelidade de Mariana, a mais amada de suas esposas, e convencido de que ela acabaria por traí-lo, ordenou aos soldados que a matassem. Depois chorou e concedeu grandes favores aos dois filhos que tivera com ela, mas nenhum dos dois pôde perdoá-lo. Tentaram, sim, assassiná-lo, a fim de vingar-se da morte da mãe. Conspiraram e foram descobertos. Conhecedor de que haviam sido decapitados, o imperador Augusto comentou em Roma: "Melhor ser porco de Herodes do que seu filho." Essa história circulou entre os judeus.

Anos mais tarde, já extremamente idoso, acabou enlouquecendo. Mas antes que se passassem 24 horas, após ter ouvido sobre o meu nascimento, enviou três magos a Belém, com a seguinte recomendação: "Encontrem a criança sagrada e tragam-me notícias dela. Quero ir vê-la e adorá-la." Eles não acreditaram nessas palavras, mas entenderam que era preciso partir, imediatamente, ainda que fosse noite.

No curto trajeto até Belém, uma estrela veio do oriente e, por cima deles, moveu-se na direção sul; seguindo-a, chegaram à nossa manjedoura. Lá, ajoelharam-se diante do casal e deram graças a Deus. É o que consta do Evangelho de Mateus, que também faz referência aos presentes que trouxeram – ouro, incenso e mirra –, algo duvidoso, uma vez que José e Maria nunca mencionaram dádivas como estas.

É verdade, porém, que os magos prestaram um inestimável favor, advertindo José para que não permanecesse mais um dia sequer nos domínios de Herodes. De fato, eles mesmos trataram de sair daquelas terras, partindo rapidamente. José seguiu-lhes o exemplo, uma hora depois. Viajamos à noite, até alcançarmos o Egito.

Ao se dar conta de que os magos não haviam regressado, Herodes decidiu, cheio de ódio, vingar-se, enviando carrascos a Belém, com ordens de matar todas as crianças do sexo masculino que tivessem nascido naquela mesma época. Assim se cumpriu a profecia de Jeremias, que previra "lamentação, choro e luto".

Mas o rei não tardou a morrer, e José voltou a Nazaré, onde deu a minha mãe dois filhos, Tiago e João. Talvez nosso amor fraternal não fosse abençoado, pois em anos posteriores não me senti mais próximo desses irmãos que das crianças assassinadas em Belém. Quando a morte de José liberou o segredo guardado em minha mente, refleti muito a respeito dessas crianças e da vida que lhes fora negada.

7

É preciso deixar claro que eu não estava despreparado para falar aos sacerdotes. Como outras crianças, havia começado a freqüentar a escola antes dos 5 anos de idade, e em nossa pequena sinagoga estudávamos até ao cair da tarde. Aos 8 anos, já sabia ler a escrita dos velhos israelitas e conhecia os Mandamentos de Moisés e as leis que derivavam deles. Posto que cada lei gerava dez e mais dez, havia mil leis concernentes à oração, à dieta e às regras do sacrifício no altar. Também estudávamos os cinco livros do Pentateuco: Gênesis, Êxodo, Levítico, Números e Deuteronômio.

Líamos as profecias de Elias e seu sucessor, Eliseu, as de Ezequiel e as de Isaías, além de sabermos uma infinidade de informações que não constavam das escrituras, mas eram lembradas pelos mestres e anciãos.

Depois da visita ao Grande Templo, ainda em meu décimo segundo ano de vida, decidi que estava de posse de conhecimento suficiente para falar aos eruditos – talvez minha sabedoria fosse inspirada pelos espíritos daqueles infantes mortos por causa do meu nascimento.

Peso maior, entretanto, representava a história de José acerca do meu verdadeiro pai. Mal podia acreditar nela. Após as aulas, brigando uns com os outros, eu ganhava e perdia, com igual freqüência, as pelejas em que me envolvia. Como, então, poderia ser o Filho do Senhor? Temia Sua ira, pois me lembrava do que Ele dissera a Moisés:

— Cuidado, esse povo Me abandonará e quebrará Minha aliança, e suportará então o castigo que haverei de desferir contra ele, que queimará sob o calor ardente e sofrerá fome...

Quem sabe não terá sido devido à cólera divina, desencadeada por meus pensamentos, que uma grande febre me consumiu, justamente naquela época?

Quando me recuperei, aos 13 anos, perdera totalmente a memória do que José havia contado, e me tornei idêntico aos demais rapazes da minha idade. Iniciei a experiência na oficina de carpintaria, onde passei sete anos como simples aprendiz e outros sete como aprendiz pleno, antes de me tornar um jovem mestre.

No primeiro período, aprendi como fazer tijolos de lama, utilizados nas paredes, e a colocar estruturas de telhados e molduras de portas e janelas. Também adquiri habilidade na construção de camas e mesas, bancos e armários, caixas de todos os tamanhos, arados e cangas de bois. O segundo período foi em Sétoris, capital da Galiléia, a uma hora de caminhada de Nazaré, onde aprendi com José a construir belas residências. De fato, ele conhecia muitas artes.

Ali viveu Herodes Antipas, filho de Herodes, que reinou sobre a Galiléia, a Iduméia e a Judéia. Vendo-o passar em procissão, cruzando as avenidas da cidade, não sabia por que meu sangue corria veloz como um cavalo nem desconfiava da razão do medo que sentia. Era o coração que me falava, já que a mente permanecia emudecida. Aparentemente, nenhum outro desejo superava minha vontade de apaziguar todos os sentimentos – bons e ruins – e eu redobrava o zelo no trabalho, devotando-me inteiramente à carpintaria.

8

José costumava dizer:

– Duas tábuas que a mão de um homem soube juntar com delicadeza se encaixarão como num casamento abençoado. Unidas por pregos, porém, vão se soltar assim que o ferro se enferrujar, tal qual o matrimônio corroído pelo adultério.

Não sei se foi isso que o fez nos manter distanciados de instrumentos desse metal, que nenhum de nós recebeu antes dos primeiros sete anos: só trabalhávamos com primitivas ferramentas de bronze. Não raro, ele se referia à dedicação dos carpinteiros mais antigos e de terras longínquas. Contava que os egípcios confeccionavam pequenas e esmeradas arcas, embora só dispusessem de madeiras de baixa qualidade como a acácia, o sicômoro ou a tamarga, fibrosas, muitas vezes nodosas, exigindo aplicações de tinta e folhas de ouro no arremate das superfícies. Mesmo em tais circunstâncias, e superando a precariedade de seus utensílios de bronze, conseguiam um resultado melhor que o nosso. Ele possuía um desses pequenos recipientes, com maravilhosas arestas entalhadas.

Quando começamos a usar instrumentos de ferro foi com cautela e até um certo temor. Conhecíamos as visões de Daniel e sabíamos que os dentes da quarta besta eram fortíssimos e de ferro.

No entanto, aprendi. Depois de algum tempo, tornei-me capaz de fazer bom uso do ferro em madeiras de várias procedências: bordo, faia, carvalho, teixo, abeto, tília e cedro. Escolheríamos o carvalho para emoldurar uma porta; e o bordo, mais maleável, para camas, separando o cedro, com seu odor adocicado, para canastras. Oliveiras, muito rijas, destinavam-se aos cabos das próprias ferramentas.

Tinha amigos em diversas oficinas que podiam chapear objetos de metal em ouro e prata, e algum de nós cogitava ir a Roma, a fim de adquirir maior destreza com os grandes mestres. Mas isso não passava de conversa; mantendo nossos ritos diários de purificação, jamais nos esquecíamos de que a capital do império estava cheia de licenciosidade. Dizia-se que o imperador e sua mulher entregavam-se a práticas lascivas, que não deveríamos mencionar, pois imundas chagas apareciam em nossa língua.

Assim, orgulhei-me do meu trabalho e aprendi a respeitar a caixa de ferramentas que carregava comigo, contendo uma lima grossa, uma plaina, um martelo, uma grande verruma e outra menor, uma enxó, uma régua de cúbito, um serrote e três cinzéis, mais uma goiva. E meu conhecimento de como tratar a madeira também era uma ferramenta.

Quando usávamos abeto num assoalho, rezávamos para que não queimasse – ele parecia atrair labaredas. Havia preces dedicadas ao carvalho, que se enfraquecia no inverno. O cipreste era abençoado, pois resistia aos vermes.

José nos ensinou muitas maneiras de erguer as paredes de pedras de grandes construções e discorreu acerca de uma substância chamada pozolana, terra oriunda dos vulcões existentes ao sul de Roma que, misturada à cal, convertia-se em cimento. Esse conhecimento me fez pensar na sabedoria do Senhor, que transformava o solo pesado, lançado aos ares pelos vulcões, conferindo-lhe uma nova natureza, boa para juntar pedras avulsas. Em verdade, nunca deixei de pensar nas muitas substâncias do Seu reino que trabalhávamos com nossas mãos.

9

Tais habilidades faziam com que me sentisse em paz. No entanto, rara é a calma que perdura longo tempo, mantendo-se livre de perturbações. Justo quando José aproximava-se do seu fim, o Grande Templo de Jerusalém surgiu em meus sonhos, e cismei se não valeria a pena aprender a técnica de gravar em ouro e prata. Via-me cinzelando o Altar Sagrado, embora desconfiasse desses pensamentos, que me enchiam de avidez, a ponto de me sufocar – não seria insensato, para um homem modesto, trabalhar com metais preciosos? Enfim, achava-me pronto. Para quê – não sabia. Sentia como se houvesse um homem encarcerado dentro de mim.

José morreu, e eu o pranteei. Minha perplexidade crescia. Lembrei-me do grande segredo que ele me confiara. Se o Senhor era meu Pai, de que maneira isso seria possível? Nem chegara, ainda, a tal indagação; Ele estava distante de mim. Pensando Nele, jamais aparecia. Sentia a necessidade de um conhecimento novo.

Foi então que decidi fazer uma peregrinação, indo ao encontro daquele santo homem, o profeta João Batista. Em verdade, posso afirmar que o conheci antes de tê-lo visto, posto que era meu primo. Escutara minha mãe falar dele com freqüência, e bem, embora nem todos o considerassem da mesma forma: tinha má reputação entre os fariseus da nossa sinagoga, muito devotos, mas menos piedosos do que nós. A atividade mercantil a que se dedicavam os tornava propensos a engordar, e realmente eles tinham muito apetite, nem todos puros. Referiam-se a João como um selvagem. No entanto, sentia-me próximo de meu primo e, mesmo sem nunca tê-lo visto, sentia simpatia por ele, talvez pela nossa concepção tão semelhante.

Seu pai, Zacarias, fora um sacerdote essênio; sua mãe era a mesma Isabel a quem minha mãe visitara quando grávida de mim – extremamente devota e tão esguia quanto uma folha de capim. Zacarias tinha idêntica aparência; ambos acreditavam que o corpo devia ser mantido como um templo. Somente um corpo puro poderia garantir orações puras e eficazes na luta contra as forças do mal.

Portanto, permaneceram sem filhos. E eram felizes. Mas veio um tempo em que Isabel lamentou-se de sua esterilidade, chegando a orar, implorando por uma criança. Um dia, a oração foi ouvida. Naquela manhã, quando Zacarias se dirigiu ao altar, para realizar a função sacerdotal, um anjo apareceu. (De fato, era o mesmo Gabriel que seis meses depois falaria à minha mãe.)

Gabriel disse:

– Zacarias, não trema. Trago boas novas. Isabel terá um filho.

Zacarias ficou espantado. Nenhum anjo tinha lhe aparecido antes.

– Sou um homem velho – retrucou –, e minha esposa é quase da minha idade. Quem é você, afinal?

Zangado, o mensageiro sentenciou:

– Como não crê em mim, você perderá a voz até o dia do nascimento do seu filho.

E ao deixar a sinagoga, Zacarias estava mudo, capaz apenas de produzir ruídos roucos, que vinham do fundo de sua garganta.

Voltou para casa calado. Em breve, porém, ficaria admirado, pois no mesmo dia em que perdeu a fala teve uma ereção e depositou sua semente em Isabel. E ela concebeu. Temerosa de perder aquela dádiva, entretanto, guardou o leito, a fim de que o nascituro sequer se mexesse.

No sexto mês de gravidez, Gabriel visitou minha mãe. Em seguida, enquanto José refletia sobre como deve se portar um guardião, Maria foi às colinas altas ver a prima.

E no momento em que Isabel se deparou com ela, ainda na porta, seu bebê pulou no ventre. Extasiada, ela exclamou:

– Bendita sejas, Maria. Todas as gerações futuras louvarão teu nome.

Minha mãe sentiu-se honrada com tais palavras. A linhagem específica de Isabel remontava a Aarão, irmão de Moisés. A bênção que ela proferiu, calou fundo nos ouvidos de minha mãe, e o orgulho que sentiu equiparou-se à sua humildade. Afirmando que o Altíssimo lhe trouxera grandes feitos, Maria passou a crer que tudo o que dizia era verdade. Falando de João Batista, por exemplo, sempre muito afetuosamente, assegurava que ele "só vivificara no ventre materno depois que minha prima me viu chegar".

Finalmente, no dia em que meu primo nasceu, a língua de Zacarias se soltou e ele falou, e pôde bendizer o filho.

João cresceu. Mais magro do que o pai ou a mãe, vivia sozinho no deserto, pregando perto de um vau do rio Jordão – os peregrinos iam a ele muito temerosos por seus próprios pecados. Suas palavras possuíam tamanha força e espírito que o Sumo Sacerdote do Grande Templo enviou levitas a seu encontro, e eles perguntaram:

– Quem és tu? Tu és o Cristo? – esse era o termo grego, idioma preferido de muitos eruditos, que designava o Messias.

Mas João respondeu:

– Eu batizo com água, nada mais. Não sou o Messias.

Os fariseus não se deram por satisfeitos.

– Você realiza batismos e ainda assim não é o Cristo. Então, quem é você?

– Sou a voz que clama no deserto – replicou João. – Mas virá alguém depois de mim, que já esteve entre vocês e que vocês não conheceram, alguém que não foi escolhido por mim, mas pelo Senhor meu Deus, e de quem não sou digno de desatar as tiras das sandálias que usa.

João falou nesses termos um dia antes da minha visita, e eu nem fazia idéia de tais palavras. Pensava em procurá-lo como um simples peregrino.

10

O povo dizia, e descobri ser verdade ao vê-lo, que o Batista vestia apenas uma pele de camelo que mal lhe cobria o tronco. Ele estava tão nu, tão magro e barbado, que parecia mais ignorante que qualquer um dos romeiros que andavam à sua procura.

Como tanta gente, também eu ouvira dizer que ele acreditava que a carne e o vinho induziam os demônios a habitarem no corpo das pessoas, por isso se alimentava exclusivamente de mel silvestre e gafanhotos, a mais pobre comida dos pobres. Os comentários acrescentavam que os insetos eram capazes de devorar toda a incredulidade abrigada no coração daqueles que buscavam João. Ao mel atribuía-se o calor da sua voz quando repetia as palavras de Isaías: "Os tortos serão feitos retos e os caminhos duros se suavizarão."

Soubera ainda que os gafanhotos que comia o mantinham espiritualmente rígido, a ponto de receber os penitentes bradando:

— Geração de víboras, quem os aconselhou a fugir da ira que há de vir?

O povo perguntava:

— O que faremos?

E João Batista respondia:

— Aquele que tem dois agasalhos deve dar um a quem não tem nenhum. — Sempre enfatizando que alguém mais poderoso do que ele estava para chegar.

Vendo sua fisionomia pela primeira vez, quase desviei o olhar, pois soube – como se ouvisse um bater de asas acima de mim – que ele não permaneceria muito tempo entre nós.

Tendo me juntado a um grupo numeroso, pude fitá-lo antes que nos encarássemos, observando os peregrinos enquanto eram batizados e partiam. Permaneci ali. Mesmo na solidão daquele lugar, em pleno deserto, escondi-me à sombra de uma rocha para dificultar sua visão. Só apareci depois que os outros se foram e o sol aqueceu as pedras. Ele disse:

— Esperava por você.

Pálido como a lua, seus olhos brilhavam mais do que o céu, e a barba, embora rala, era longa. Brotava-lhe das orelhas um cabelo tão emaranhado quanto o que nascia de suas bochechas. Pendiam da sua barba uma asa e uma perna de gafanhoto. Não pude atinar como um homem desses, que banhava tantos e se levava tantas vezes por dia, ainda carregava tais resíduos. Não que isso fosse desabonador: como uma ravina, seu rosto seria um viveiro de pequenas criaturas.

Contemplando-me, disse:

— Você é meu primo. – E completou: – Sabia que este dia haveria de chegar.

— Como poderia saber? – indaguei.

Suspirou. Sua respiração era impelida como o vento que passa através de lugares ermos.

— Fui informado da sua vinda – disse ele. – É bom que esteja aqui.

Nossa intimidade era tão grande que confessei meus pecados sem a menor dificuldade – jamais o fizera antes. Claro que já cometera diversos erros, mas tão insignificantes que só poderia considerá-los um desmerecimento do meu orgulho masculino. Mestre-carpinteiro aos 30 anos de idade, sentia-me jovem, modesto e muito inocente frente a um homem de tanto apreço. Busquei o mal dentro de mim, fixando-me nos momentos em que, segundo minhas lembranças, desrespeitara minha mãe e tivera pensamentos luxuriosos. Talvez tenha sido um tanto severo ao julgar terceiros.

— Bem – disse ele –, você ainda pode se arrepender. Nosso pecado é sempre maior do que imaginamos.

E João veio por trás de mim quando entrei n'água e, com a força de um leão do deserto, tomou-me pelo nariz ao mesmo tempo que pressionava minha testa, lançando-me de costas no rio. Passando tão rápido do ar à água, ofeguei com a perda da respiração e por causa da quantidade de líquido que engoli. Mas nesse instante vi muitas coisas e minha vida mudou para sempre.

Por acaso o Santíssimo estaria descendo em direção a nós, sob a forma de uma pomba? Ao voltar à tona, a ave pousara no meu ombro. Senti muita coisa já esquecida voltando a mim. Senti como se estivesse reintegrando-me comigo mesmo – um homem pobre, mas bom. Mas não foi só isso. Tive uma visão gloriosa. Por um instante os céus se abriram e deparei com um milhão, não, um bilhão de almas.

Eu escutei uma voz, e ela vinha do alto, dizendo:

– Antes de te formar no ventre materno, já te conhecia.

Com o espírito exaltado e cheio de um medo que nunca experimentara, ergui minha face e exclamei:

– Senhor Deus, não passo de uma criança.

E o Senhor falou como falara ao profeta Jeremias.

– Não digas isso, pois terás de ir a todos os lugares a que te enviarei.

Então, quando o bico da pomba roçou meus lábios, foi como se Seu dedo abençoasse minha boca, e o Verbo entrou em mim – com o mesmo calor que abrasara meus ossos aos 12 anos de idade.

A mão de João afastou-se da minha cabeça e nos levantamos. A pomba se foi. Conversamos um pouco, e já falarei a respeito. No entanto, ao partir, ouvindo-o cantar, estava certo de que jamais tornaria a vê-lo. Com a língua impregnada pelo gosto daquelas águas marrons e as narinas entupidas de pó do deserto, encetei a longa marcha para casa, em Nazaré.

11

A tarde chegava ao fim. A luz do sol que incidia sobre as pedras adquirira uma tonalidade dourada. O canto de João Batista ainda era audível, mas como ele não sabia nenhuma canção, a música que saía da sua garganta soava como o balido de um carneiro.

Eu caminhava a passos firmes e mais largos, pois deixara de ser igual aos outros homens. Aquele que vivia dentro da concha em mim tinha vindo afinal à superfície, e era melhor do que eu. Eu me transformara nele.

Uma grande nuvem encobriu o céu e desabou um aguaceiro. Entre os dois extremos do deserto desenhou-se um arco-íris – era o esplendor do Senhor, acima de minha cabeça. Deitado na areia quente e úmida, ouvi Sua voz. E ele disse:

– De pé.

Obedeci, e Ele prosseguiu:

– Certa vez, instruí o profeta Ezequiel e ele salvou nosso povo na Babilônia. Agora, o que falei a Ezequiel te servirá: "Filho do Homem, te enviei aos filhos de Israel, nação que até hoje tem se rebelado contra Mim, pois são filhos impudentes e de coração duro. Mas falarás a eles com Minhas palavras. Como não são um povo de linguagem estranha, cujas palavras terás dificuldade para entender, e posto que são, sim, a casa de Israel, toma cuidado! Farei forte a tua face contra a face deles. Portanto, não os tema."

Depois, a voz sussurrou aos meus ouvidos:

– Foi isso, exatamente, o que disse a Ezequiel. Mas és Meu filho, e serás mais poderoso que um profeta, muito mais do que o próprio Ezequiel.

Restavam-me muitas horas de viagem por terras que mal conhecia. Exausto, senti-me mais uma vez assaltado pela exaltação e pelo temor. Nas escrituras que estudara desde a infância não lera nada que me tocasse tanto quanto as palavras desse Senhor meu Deus, cuja proximidade, entretanto, tornava agitado o meu coração. O som de Sua voz pode ser ouvido no eco das grandes rochas que caem, e Ele é capaz de criar bolhas na carne de todo homem e de toda besta existente no Egito, e lançar granizo sobre as ervas do campo, ou atear fogo à relva, até que cada árvore seja consumida. Ergui minhas mãos em direção ao céu numa indagação muda: seria eu, verdadeiramente, o executor da Sua força? E Deus me disse:

— Já que não te consideras forte ainda, não voltes para casa. Sobe à montanha que está diante de ti. Parte agora. Chegando ao cume, jejua em meio às rochas. Bebe a água que está por baixo delas, mas não comas nada. Antes que o sol se ponha, no último de teus dias de jejum, saberás por que foste o escolhido.

Não demorou muito para que eu me desse conta do Seu poder a serviço da minha proteção. Ao subir a montanha, a noite se fez, e tive de partilhar o chão com serpentes e escorpiões: nenhum se aproximou de mim. De manhã, procurei ir ainda mais alto, e durante a maior parte do dia continuei a escalada, algo digno das lamentações do profeta Isaías; ali reinavam pássaros como o cormorão e o alcaravão.

Em todas as direções só havia o vazio. Nas reentrâncias das rochas, pouco acima de mim, os abutres espreitavam, cada qual com sua fêmea. Foi então que pensei no que João Batista tinha perguntado, ao me dizer adeus:

— A luz do Senhor apareceu quando você foi imerso?

Justamente quando seus olhos fitaram os meus, imaginei se o bilhão de almas que vislumbrara não seriam a face do Senhor. No entanto, respondi, simplesmente:

– Vê-lo não significa morte e destruição?

João replicou:

– Sim, exceto para o Cristo.

– E acrescentou: – Uma vez, o Espírito Santo surgiu tão perto de mim que fui obrigado a tapar o rosto com as mãos. Mas ouvi Sua voz: "Deixarei que me olhes por trás", e assim fez, sem perder um traço sequer de Sua nobreza. – Segurando meu braço, João prosseguiu: – Desde pequeno, sempre soube que meu primo deveria vir depois de mim e me substituir. Pois minha mãe falava de como tua mãe lhe contara tudo o que tinha acontecido com ela. – Ele me beijou em ambas as faces, murmurando: Eu te batizo com a água, que extingue o fogo e purifica a alma verdadeiramente arrependida. Mas tu batizarás com o Espírito Santo, arrancando o mal com a misericórdia de Deus. – Depois disso, beijou-me novamente.

Era difícil esquecer o hálito de João Batista naquele instante em que me abraçou, impregnado de tudo o que exala um homem depauperado. De fato, não importa com que freqüência se busque água para aliviar a garganta – um aroma daqueles fica entranhado na carne. Sua enorme fadiga falava de tudo o que perdeu, durante a luta, mas ainda assim sua pele mantivera-se casta, cheia da solidão do deserto e das rochas, disseminando o mesmo odor do Jordão e a pesada sabedoria do seu limo e da sua lama.

12

Alcancei o ponto culminante ao meio-dia e me deparei com um chão de rochas que se espalhavam como túmulos; era perigoso andar entre elas. O sol estava inclemente.

Sentado à sombra de uma grande pedra, pude enxergar as terras de Israel, a Galiléia, ao norte, e a Judéia, ao sul. Sob a névoa dourada, imaginei as espirais de ouro que se elevavam acima das colinas da cidade sagrada. Mas logo afastei Jerusalém de minhas cogitações; há um dia sem comida, sentia-me faminto.

No entanto, sabia por que o Senhor me mandara para o alto da montanha. Pois não me bastaria ser Seu filho e primo de João Batista – teria de suportar provações, e o primeiro teste consistia nesse jejum. Por isso, pensei: "Não comerei nada até o crepúsculo." Sem que O visse ou sentisse Sua presença (mas com Sua voz em meus ouvidos), o Senhor respondeu:

– Jejuarás até que te diga para comer.

Assim, fiquei sem alimento algum naquele dia e no seguinte. Passada uma semana, quando as ânsias do estômago haviam cedido lugar a um belo vazio espiritual, estava tão fraco que talvez não conseguisse descer da montanha. Então, falando em voz alta, perguntei:

– Quanto tempo, Senhor?

E ouvi a resposta:

– Muito. Será muito tempo.

Compreendendo que não estava lá para disputar com Ele, mas para obedecer à Sua vontade, o jejum se tornou mais fácil. Protegi-me do sol e passei a apreciar o gosto da água, desfrutando a sabedoria que existe à sombra das grandes rochas (até que se tornem frias demais, à noite, a ponto de não conterem mais qualquer sabedoria). O ar noturno era frio. A aridez do terreno, por outro lado, eliminava as mínimas tentações: houve momentos em que eu teria mastigado espinhos.

Na segunda semana comecei a ter visões do rei Davi, e soube que ele cometera um grande pecado. Não conseguia lembrar qual fora a sua ofensa, apenas a punição que tinha sofrido, quando de sua morte o Senhor apareceu a seu filho, o rei Salomão, perguntando:

— O que devo te dar?

Salomão respondeu:

— Senhor meu Deus, o Vosso servo não sabe como agir no meio do Vosso povo, um grande povo que não pode ser enumerado nem contado. O que mais preciso, portanto, é de um coração compreensivo, capaz de discernir os bons e os maus.

Recordei a boa impressão que esse discurso produzira, tanto que o Senhor falou a Salomão:

— Como não pediste vida longa nem riquezas, nem imploraste pela morte de teus inimigos, mas por perspicácia e acuidade de julgamento, então, toma cuidado, pois te darei um coração sábio e tolerante.

Mas Deus também outorgou a Salomão tudo aquilo que ele não havia pedido, riquezas e honras, até que não houvesse reis tão magníficos quanto ele.

Agora, entretanto, a voz do Senhor sussurrava aos meus ouvidos:

— Salomão não guardou meus Mandamentos. Salomão proferiu três mil provérbios e compôs mil e cinco canções. Todo o povo acorreu para ouvir a sua sabedoria, e nisso ele excedeu a todos os reis da terra, que lhe trouxeram prata, marfim, macacos e pavões. Mas Salomão amava muitas mulheres estrangeiras – a filha do faraó e as mulheres moabitas, anonitas, edomitas e hititas –, deixando de lado os filhos de Israel, a quem Eu havia orientado contra os adventícios que transformariam seus corações e os induziriam a adorar falsos deuses. Cercado de setecentas esposas e trezentas concubinas, Salomão envelheceu, e seu coração não estava mais em harmonia Comigo, que lhe prodigalizara tantos dons. Por essa razão é que não te darei riquezas, e tu nunca ficarás com uma mulher, sob pena de perderes a Mim.

Cabia-me agora meditar acerca dos pecados de Salomão – essa vantagem ele não tivera. Sem comer, não sentia o desejo por mulher alguma, a decisão do Senhor não me causou estranheza. O jejum continuava.

Durante aquelas semanas, os profetas estiveram comigo: Elias, Eliseu, Isaías, Daniel e Ezequiel. Podia recordar suas palavras como se fossem minhas. Uma vez, sonhei que estava no lugar de Elias, debatendo com os profetas de Baal – mais de quarenta pagãos – que tinham vindo à montanha a fim de sacrificar um boi. Demonstravam devoção a Baal lacerando-se, e o sangue jorrava de suas feridas e eles gritavam, embora Baal permanecesse mudo.

Diante do silêncio de Baal, agrupei 12 pedras grandes, representando as 12 tribos de Israel, e tratei de restaurar o altar do Senhor, que seus adeptos haviam destruído. Em seguida, cavei uma trincheira em torno das pedras, empilhei madeira sobre o altar e pus carne crua sobre a madeira; despejei sobre essa oferenda a água de quatro barricas, que acabou escorrendo por uma vala.

E o fogo do Senhor fez a madeira úmida e a carne do boi arderem, e evaporar toda a água que escorrera para o fosso. E degolei aqueles quarenta sacrílegos com uma espada, e só então acordei.

Em verdade, eu não era Elias, mas somente alguém que sonhava com os seus pergaminhos, e que através do sonho tomava ciência de que o jejum devia continuar por quarenta dias e quarenta noites. Pois se eu ou o povo de Israel não mudássemos nossos hábitos, todos correríamos sérios riscos no juízo final.

Também me dei conta de ter dedicado a juventude mais à madeira tratada por minhas ferramentas do que a meu povo. Nem tinha prestado atenção quando José falara:

— Todos compartilhamos os pecados de Israel, pois não nos empenhamos o bastante para superá-los.

Eu não sabia, ainda, que haveria de cuidar mais dos pecadores do que dos pios, mas, por ora, dava-me por satisfeito com as palavras de Isaías: "Embora o povo de Israel seja como as areias do mar, um resíduo há de restar." Prestes a entrar na sexta semana do meu jejum, imbuído do espírito de Isaías, alimentei a esperança de que esse resíduo de bons judeus me ajudasse a recuperar tudo o que havia sido perdido pela nação. Repetindo em voz alta seus provérbios, fitava o sol até sentir os olhos queimando. Meditei sobre as preces mais adequadas aos pecadores e decidi que falaria exatamente como fizera aquele profeta:

— Lavem-se, tornem-se puros; afastem-se do mal, socorram os oprimidos.

Na noite que se seguiu ao quadragésimo dia, o Senhor me falou:

— Amanhã podes descer da montanha e comer.

A fome voltou assim que ouvi tais palavras, e eu estava faminto.

Mas quando pensava no que iria comer, o Senhor advertiu:

— Permanece na montanha ainda esta noite. Um visitante virá.

13

O visitante não se fez esperar. E era belo como um príncipe. Trazia em volta do pescoço um ornamento de ouro, numa corrente também de ouro, e gravada nele a cabeça de um carneiro, bestial ainda que mais nobre do que qualquer outro animal da espécie. Seu cabelo era tão longo quanto o meu e igualmente lustroso. Trajava túnicas de um veludo tão púrpura quanto o fim da tarde e usava uma coroa tão dourada como o sol. Embora tivesse subido a montanha, não havia um grão de poeira em suas vestes, nem suor na sua pele. Ele não poderia ser outro senão quem eu imaginava, e de fato ele logo se apresentou. E eu pensei: "O Diabo é a mais bela criatura de Deus."

Suas primeiras palavras foram:

— Sabe como o profeta Isaías encontrou a morte?

Incapaz de abrir a boca, fui obrigado a ouvir o que dizia:

— Isaías morreu segundo o desejo de um rei judeu, o pagão Manassés, adorador de Amon. Um mau judeu.

O Diabo moveu a cabeça como se fosse, ele próprio, um bom judeu (certamente, não era!). Erguendo um dedo, voltou a falar:

— Esse Manassés, pretendendo destruir a religião que herdara de seus pais, ordenou que Isaías fosse expulso da casa que habitava, na cidade, e perseguido como um animal. Ao saber disso, Isaías fugiu, e os soldados de Manassés foram atrás dele, no deserto. Lá, o profeta procurou uma árvore de tronco oco onde um homem pudesse ficar de pé, e encontrou esse santuário num pesado carvalho, onde se escondeu. Mas os homens de Manassés o descobriram e com uma grande serra cortaram a árvore em duas. Isaías morreu gritando. Você sabia?

– Jamais ouvi nada a respeito.

Diante da minha resposta, ele riu. Mas a história me enfraquecera mais do que toda a privação de alimento.

Ele, no entanto, prosseguiu.

– O modo pelo qual Isaías morreu não te preocupa muito, já que tu não és um profeta, mas o Filho! Se bem me lembro, e minha memória é boa, o Senhor nunca fez nada semelhante. De fato, devo reconhecer que tu és algo inusitado... Pois me pareces inocente de tudo o que sei.

Ele me contemplou afetuosamente, e seus olhos eram como mármore negro, todavia brilhantes. E disse:

– Estás com fome? Queres beber?

E tirou de sob a túnica um jarro de vinho e um pernil de carneiro, bem-passado, que eu nem desconfiava que tinha. Aproximara-se tanto que minhas narinas captaram o espírito do vinho e os caldos da carne, além do perfume emanado das dobras de sua roupa. Em verdade, seu corpo também exalava avidez, um odor parecido ao que se encontra entre as nádegas. Eu recusei a oferta, embora outros cheiros estimulassem meu apetite, como o aroma da comida que assava no forno. E ele, vendo tanta firmeza, sorriu mais uma vez e disse:

– Ora, é evidente que tu não precisas de comida. O Filho de Deus pode facilmente transformar essas pedras em pão, alimento bem mais adequado a um essênio. Mas tuas vestimentas estão sujas e cobertas de pó. De fato, surpreende-me seres tu o Filho de Deus. Por que teu Pai te escolheu? Na próxima vez em que conversarem, diga ao Pai que eu O saúdo. Sabe? Eu e Ele já tivemos muitos negócios e considerável disputa, e estamos sempre interessados em receber notícias um do outro. Quando Nos encontramos costumo afirmar que os homens e mulheres são o coroamento de tudo o que Ele concebeu entre os animais e as flores do campo. Mas sou eu, e não Ele, quem melhor entende a Criação, e as pequenas criaturas, e os espíritos fracos que resultaram dela, e que Ele dificilmente reconheceria. Como outrora fui Seu servo de maior confiança, imagine agora o quanto posso compreendê-Lo.

Eu estava perplexo. Ele não me inspirava medo, mas conforto. Agora eu sabia como identificar um pecador numa taverna barata bebendo vinho. Os efeitos do esforço despendido no prolongado jejum haviam desaparecido; senti um bálsamo nos braços e pernas. Podia falar com o Diabo; ele me confortava. Seu odor me incomodava, é certo, mas ao mesmo tempo ressoava desejos que jamais me permitira sentir.

Ainda assim, não podia concordar que Deus, o Senhor do Universo, fosse incapaz de compreender Sua própria Criação melhor do que o Diabo.

– Não é possível! – exclamei. – O Senhor é Todo-Poderoso. Os céus e a terra, as estrelas e o sol curvam-se diante Dele. E não se curvam diante de você.

Por um instante, Satã resfolegou como um cavalo. Recusava a rédea?

– Teu Pai – disse ele – é somente um deus entre muitos. Podes imaginar a miríade adorada pelos romanos. Não devemos obedecer à grande vontade dos romanos? Por que teu Pai não comanda sequer os próprios judeus, em sua própria terra, já que tantos O vêem como o Único? Tu agirias melhor se considerasses a magnitude de Suas fúrias, demasiadas e sem proporção; um grande deus não deveria comportar-se dessa maneira. Ele faz muitas ameaças. Não tolera disputas. Em contrapartida, eu te confidencio que uma insinuação de desobediência e um vestígio de traição contam-se entre as alegrias da vida e devem ser classificadas como espólio, em vez de somar-se aos pecados.

– Não é assim – consegui responder. – Meu Pai é Deus e possui infinitas dimensões. – Mas, em verdade, minhas palavras tinham gosto de palha.

E o Diabo replicou:

– Ele não tem domínio sobre Si mesmo!

14

O Diabo não demonstrou nenhum medo pelo que acabara de falar. E continuou.

– Teu Pai não pode exigir uma obediência completa de Seu povo. Ele não entende que as mulheres são criaturas diferentes dos homens, e que possuem diferente percepção. De fato, teu Pai não faz a mínima idéia do que sejam as mulheres, e esse desdém que sente por elas é partilhado pelos Seus profetas, que expressam, dizem eles, Sua voz. Não me parece que estejam equivocados, pois raramente são repreendidos! Veja Isaías! Diga-me que não é para louvar seu Pai que ele ameaça aquelas a quem chama de "filhas de Sião", e que acusa de serem, segundo afirma, "desobedientes", e de "andarem de cabeça erguida e olhos cobiçosos, gingando", e as ameaça com a espada do Senhor, assegurando que Ele "descobrirá suas partes secretas". *Suas partes secretas* – repetiu o Diabo, sempre citando Isaías: – "O Senhor tirará seus braceletes e gorros, os ornamentos das pernas, os brincos, os anéis e as jóias do nariz, a roupa, as capas e os véus. E acontecerá que em vez de perfume haverá podridão; e no lugar de tranças, cabeça raspada; ferro em brasa em vez de beleza."

– Através da boca do profeta, meu Pai falava da nação de Sião – repliquei. – É o que nos ensinaram.

– Não – respondeu o Diabo. – Ele finge falar da nação de Sião. Mas refere-se às mulheres, que Ele menospreza. As maldições poderosas Ele as guarda apenas para os homens: "A indignação do Senhor cai sobre todas as nações e Sua fúria alcança todos os exércitos. Ele os destruiu completamente, entregando-os ao massacre. Eles serão eviscerados e seu sangue regará as montanhas." Quanta ira! O coração de teu Pai queima em razão de tantos fracassos! Existe prova maior de que não seja Todo-Poderoso? Não! E Ele não tem coragem ao menos de reconhecer: "Sim, perdi, mas meus soldados foram honestos e lutaram bem." Não, Ele é vingativo. "Os palácios serão abandonados", diz Isaías, "os fortes e as torres se transformarão em covis, até que o Espírito seja despejado sobre nós, vindo do Altíssimo." Mas quando isso se dará? – perguntou o Diabo. – Teu Pai mandaria você na frente, para suavizar os corações dos homens enquanto o Seu próprio coração queima com o sangue das vítimas dos massacres. Suas maldições contradizem Seu amor a tudo o que Ele criou. Suas fúrias podem ser poderosas, mas não satisfazem Seu desejo. Sua linguagem revela, sim, o quanto Ele adora a grandeza que pretende desprezar.

"Diga-me que teu Pai não está tomado de adoração pelas mulheres, embora esconda de Si mesmo! O que odeia é o poder feminino de espicaçá-Lo. Ezequiel é quem sabe o que mora no coração de teu Pai. Afinal, ele ouviu as palavras do Senhor: 'Jurei-te e entrei em acordo contigo e te tornaste minha. Lavei-te com água; sim, purifiquei teu sangue e te ungi com óleo. Vesti-te com seda, te cobri de ornamentos e pus braceletes em tuas mãos, e uma corrente em teu pescoço, e brincos em tuas orelhas, e uma linda coroa sobre tua cabeça. Assim, enfeitada de ouro e prata, tu comeste o melhor pão e o mel mais suave; excessivamente bela, prosperaste num reino. Os pagãos conheceram teu renome em virtude de tudo o que te havia prodigalizado.' Agora – continuou o Diabo – ouça Suas piedosas lamentações e veja como Ele se queixa! 'Mas confiaste em tua beleza e fazendo jus ao teu renome, bancaste a prostituta, e despejaste fornicações em todos que passaram, multiplicando a tua idolatria. Insaciável, fizeste isso com os egípcios, teus vizinhos, e com os assírios. Por isso, prostituta, porque tua vileza foi espargida, e tua nudez descoberta, reunirei os teus amantes e te entregarei a eles, e eles acabarão com a tua importância, tirando tuas roupas e jóias, e te deixando nua e exposta, e te apedrejarão e te trespassarão com suas espadas. Depois disso, queimarão tuas casas e te difamarão aos olhos de muitas mulheres.'

"Por acaso – perguntou o Diabo – terá sido para depreciar Jerusalém que Ele fez tudo isso acontecer? A linguagem de seu Pai exala desejo, é evidente.

– Suas palavras estão poluídas. – Queria despertar toda a minha fúria para responder, mas só conseguia repetir: – Suas palavras estão envenenadas.

E Satã replicou:

– Tão intoxicada de luxúria quanto a minha é a língua de teu Pai.

Sentia-me confuso. Não podia negar que meu corpo estremecera ao ouvir a repetição das palavras de meu Pai.

O Diabo não parava de falar.

– Você acredita que esteja sentado no cume da montanha, mas subimos acima dos lugares sagrados. – Ele via o que eu via com absoluta clareza. Aos meus olhos e abaixo de nós descortinava-se a cidade de Jerusalém, pois, de fato, não estávamos mais no alto da montanha, e sim no mais alto domo do Grande Templo.

Eu senti vertigens.

E o Diabo sugeriu:

– Posto que és o Filho de Deus, salta! Joga-te daqui do alto. Os anjos de teu Pai o levarão nas asas.

Em verdade, tive vontade de pular, mas de repente não me senti como se fosse o Filho de Deus – não ainda!

O abismo que se abria a meus pés permaneceria lá, ao longo das gerações posteriores; sempre que homens e mulheres subissem alto demais estariam se expondo ao vento daquele espírito ingovernável que vive dentro de nós e teme arriscar-se. Mais uma vez, Satanás voltou os olhos negros na minha direção, e os pontos de luz que havia neles eram como uma noite de estrelas; aqueles olhos prometiam glória.

– Se ficar com teu Pai, trabalhará para Ele e será consumido – disse. – Salva-te! Pula!

Eu seria esmagado. Mas seria minha morte breve? E meu retorno aos vivos ocorreria com igual rapidez? O Diabo penetrara em mim a tal ponto que sequer falava, transmitindo as palavras através da luz de seu olhar. Se pulasse, seguindo suas ordens, ele me possuiria.

Mas foi em voz alta que ele disse:

– Tu renascerás. Em segredo. Deus jamais saberá. Tenho o poder de enganar.

Ele me falava de uma existência futura e abundante.

– Tudo é meu! – gritou o Demônio.

De fato, cobiça era com ele mesmo. Da crua ganância adviriam obras grandiosas, segundo previa.

– Os que me são leais têm tanto poder sobre a terra que não defecariam as bostinhas, verdadeiros espasmos de cabras, que as nádegas magras do teu amigo João costumam expelir. Ele, que carrega uma pequena enxada para cobrir seus dejetos e, no Sabbath, nem ao menos evacua!

Nesse instante, cheguei a cogitar de pular e não cair. Poderia voar com os anjos? Graças ao poder que me dera o

Senhor, poderia voar? Poderia conhecer a resposta? Satã colocou-se entre mim e meu Pai. Teria ele o poder de me negar asas de anjo? Não pulei. Queria, mas não ousei. Pensei que não serviria a Deus como um filho corajoso, mas modesto. E isso foi certo. Não passara mais de metade da vida trabalhando com zelo, árdua e laboriosamente, desvendando aos poucos todos os mistérios da madeira?

Só então comecei a me dar conta do que levara Deus a escolher Maria e José como meus pais e constatei a sabedoria do Senhor, que me privara de comida.

– Vá embora, Satanás – disse eu. E porque minha voz talvez tivesse soado fraca, repeti, desta vez com bastante firmeza: – Vá embora.

Se jejuar é prova de força, nada poderia ter-me valido mais contra o Demônio, na medida em que ele odiava o vazio. Quem é mais solitário do que o Diabo? Finalmente, senti-me capaz de encará-lo e dizer:

– Não quero você, mas meu Pai. – Ao pronunciar essa frase, reconheço, conheci uma aflição ligeira, mas aguda, decorrente da renúncia a algo que desejava, e que estava deixando de lado para sempre.

Satã deu um grito, como uma fera ferida.

– Teu pai destruirá a própria Criação. E por tão pouco! – Depois, partiu. Sozinho, vi anjos reunidos em torno de mim, cobrindo meus olhos. Dormi. Nunca me sentira tão cansado.

De manhã, despertei na montanha onde estivera durante quarenta dias. Agora, estava pronto para descer. A jornada até Nazaré seria longa e solitária. Mas no dia seguinte e no próximo não sofri nenhum assalto, o que foi ótimo: o encontro com o Diabo me deixara exausto, quase sem fôlego. Nem acreditava que tivesse escapado incólume.

No entanto, não sentia qualquer aflição, e caminhava recitando as palavras de Isaías: "Nasceu-nos uma criança; um filho nos foi dado; e o poder cairá sobre seus ombros; e seu nome será considerado maravilhoso, e o chamarão de conselheiro, Deus poderoso, Pai eterno, príncipe da paz." Por mais que me considerasse reles diante de tais palavras, supunha que Deus me escolhera como Filho porque eu nascera e vivera no meio do povo comum, e não como um rei, sendo portanto capaz de entender as numerosas pequenas virtudes e hábitos insignificantes dos outros. Se conseguisse aperfeiçoar os muitos poderes que Ele me transmitiria, talvez as virtudes humanas se multiplicassem graças a mim. Assim, comecei a crer em meu Pai e me decidi a trabalhar com alegria em Seu nome. Ele não demoraria a vir para salvar Jerusalém, pois era o Senhor do Universo. Através dele, o conforto chegaria aos que sofriam, os famintos seriam alimentados e os pecadores, mesmo no maior dos desesperos, teriam seus pecados redimidos. Tais pensamentos me fizeram experimentar tamanho júbilo que não podia acreditar que fossem meus. Com certeza, o Diabo atingira gravemente meu raciocínio, pois eu estava pronto a realizar qualquer coisa. Pouco antes do alvorecer, contudo, não sentia nenhum medo dele, que só capturara parte do meu coração. Fora testado, tinha demonstrado minha lealdade e, agora, já podia perceber um sabor de pureza na minha língua. Enquanto seguia em meus passos, os menores e mais doces milagres ocorriam. Naquele deserto, me deparei com um arbusto de cujos galhos pendiam ameixas e pude saciar a sede, desfrutando de uma agradável tepidez que se estendeu, rapidamente, a meus braços e pernas.

Caí de joelhos, bendizendo o nome do Senhor, mas antes mesmo de ensinar uma prece, pus-me de pé e pensei: por que o Criador me deixara sozinho com Satã?

Para me purgar de alguma piedade excessiva? Havia uma parcela de verdade nisso, conforme eu logo me daria conta, e muito trabalho pela frente, que eu não poderia executar de joelhos.

15

De volta a Nazaré, fui à casa de minha mãe e entrei. Ela me saudou, demonstrando grande alívio. Eu ficara longe por mais de quarenta dias e, mesmo supondo que estivesse em alguma fornada na companhia de meu primo, ela soubera de histórias temerárias que circulavam sobre João Batista. Herodes Antipas, filho do falecido rei Herodes, há muito desconfiava dele. Tal qual o pai, o novo monarca costumava impressionar-se com os sonhos que tinha; ele imaginava que o profeta seria capaz de inspirar o povo contra ele. Por isso, fez conduzir João a uma masmorra, na fortaleza de Maquerunte, no alto dos penhascos sobre o Mar Morto. Então soube que era chegada a minha hora. Devia partir de Nazaré e assumir uma vida de pregação, tentando imitar o exemplo de João.

Apesar de tudo, minha mãe acreditava que eu não devia me transformar num pregador. Recusava-se a pensar em mim vagando por estradas solitárias para abençoar gente estranha; melhor, muito melhor, se me tornasse um bom essênio. Ela queria que eu me juntasse à comunidade de devotos que vivia no deserto, em Qumran. Mas esse não era meu desejo. Os que escolheram viver lá confessavam suas culpas e todos os pecados, entregando tudo o que possuíam à irmandade, e viviam entre eles durante anos antes de serem aceitos como verdadeiros essênios de Qumran. E ninguém falava na presença dos líderes, a menos que fosse interpelado.

Eu não conseguia entender como minha mãe poderia querer esse tipo de vida para mim. Eu não tinha que me submeter a nenhum Sumo Sacerdote, apenas às provas do Senhor. Enfim, nem sempre era fácil entendê-la. Orgulhava-se de minha origem, mas vivia cheia de preocupações com meu bem-estar – raro o dia em que não antecipava uma catástrofe prestes a me atingir. O medo habitava conosco, em nossa pequena casa, como um animal selvagem. Podíamos tudo, menos ouvir algum barulho no escuro.

Maria era modesta, mas ligeiramente fútil, e ainda que não se visse como uma mulher forte, muito pelo contrário, possuía uma vontade de pedra. Pior, no entanto, é que me imaginava igual a ela – sem condições de ir à luta. E eu, ciente do meu fardo, ficava insatisfeito devido à sua tão limitada confiança em mim.

Não contei a ela o que acontecera durante os quarenta dias na montanha, mas de alguma forma deve ter sabido que, finalmente, me aproximara de meu Pai. Ainda assim, recusou-se a escutar uma única palavra a respeito. Tinha um coração de rainha, mas, tal como uma soberana, não gostava daquilo que não conseguia entender.

Era mulher e me conhecia muito bem, podendo supor que não fora apenas meu Pai que estivera comigo, mas também o Outro. Se o Diabo possuía, mesmo, poderes malignos, então eu não teria forças para resistir à contaminação – devia ser guiado por uma comunidade de devotos. Em suma, ela não facilitou o meu caminho. Em verdade, sentia-me infeliz com seus pressentimentos, pois conhecia seu poder de predizer certos eventos.

Em meio a essa disputa silenciosa, mas incessante, houve uma diversão. Um casamento, em Caná, não longe de Nazaré. O pai da noiva, um homem rico que outrora contratara José e seus carpinteiros para construir uma bela casa, convidara minha mãe, a mim e a meus irmãos, Tiago e João, para as bodas. Esta seria a primeira vez que Maria saía de casa desde a morte de José. Na verdade, ficara tão indecisa quanto a ir ou não que quando chegamos já era tarde e a cerimônia terminara. Muito embaraçada, olhou em volta atentamente e disse:

— Eles carecem de vinho. – Viera tanta gente da aldeia que toda a bebida acabara.

A voz dela me dizia que uma festa nupcial a seco resulta na infelicidade do casal; é um presságio de miséria do qual os recém-casados não podem fugir. Assim, pensei em testar os poderes que imaginava ter recém-adquirido.

Diante de nós estavam depositados seis grandes jarros de pedra, todos com água, e numa mesa ao lado, cachos de uvas vermelhas, uma das quais comi, bem devagar, pensando intensamente no Espírito que residia dentro da fruta. Em verdade, pude sentir um anjo junto de mim. No mesmo momento, a água dos jarros se transformou em vinho. Eu não vi, mas sabia que tinha acontecido, apenas em virtude do paladar de uma uva e graças à presença do anjo.

Ah, nunca me sentira tão perto do Reino de Deus e crente da sua inesgotável beleza. Meu Pai não era somente o Deus da ira, mas podia oferecer uma ternura tão delicada quanto a que existe num suave toque de mão. Ao mesmo tempo, experimentei uma tristeza imensa, ante a visão de um banquete de que nunca participaria. Por isso, decidi partir; Tiago e João acompanhariam minha mãe de volta à nossa casa.

Ainda pude ouvir o tio da noiva falar ao noivo:

– Todo anfitrião serve o bom vinho no início, e quando todos estão embriagados, despeja nos copos o que não é tão bom. No entanto, você guardou seu melhor vinho para o final... certamente, seu casamento será abençoado.

Esse foi o primeiro de meus milagres, e aconteceu em Caná, na Galiléia. Não me entusiasmei muito, entretanto, posto que o anjo mandado por meu Pai sussurrou em meus pensamentos: "Assim como um barril transbordante de mel pode ser esvaziado, o Filho tolo desperdiça seu estoque de milagres." Portanto, também nada revelei a minha mãe sobre esses fatos. Ela ficou satisfeita por não ter faltado vinho e isso contribuiu para que seu coração se tornasse mais leve à minha partida. De manhã, fui embora, levando apenas um cajado, um manto, minhas sandálias e as lágrimas de minha mãe.

16

Minha primeira idéia era pregar em Cafarnaum, a meio dia de caminhada de Nazaré. A despeito do que Satanás me dissera, ainda pensava em Isaías como meu guia, e ele tinha escrito: "Pelo caminho do mar, para além do Jordão, na Galiléia dos gentios, o povo que aceitou a escuridão viu uma grande luz." Assim, escolhi aquela cidade, às margens do Mar da Galiléia (que é somente um lago, mas tão grande quanto um mar) e perto do rio Jordão, que corre rumo ao sul, e de lá para Jerusalém.

Antes de partir para Cafarnaum, porém, decidi falar na sinagoga de Nazaré. Como minha língua não era nem de longe tão hábil quanto minhas mãos no trabalho com a madeira, pensei em começar onde pelo menos algumas pessoas me conheciam.

Mas, inicialmente, não podia dizer à congregação mais do que "arrependei-vos, pois o Reino dos Céus está próximo". Tais palavras não suscitaram nada além do silêncio. Como alguém poderia desejar que o Dia do Juízo chegasse, e tão cedo? Realmente, fazia uma manhã ensolarada em Nazaré. Eu, acreditando que a fé, mesmo severa, ainda assim deva ser natural, tanto quanto o ato de respirar, acrescentei (agora falando em nosso hebraico antigo): "Pai, vos agradeço por teres ocultado algo dos sábios e prudentes, revelando-o apenas aos crédulos."

Só mais tarde pude compreender o que Lucas escreveu em seu evangelho: "E todos, na sinagoga, ao ouvirem tais palavras, encheram-se de fúria. E levantaram-se, e o conduziram para fora da cidade, que fora construída no alto de uma colina, a fim de jogá-lo de cabeça. Mas ele, confundindo-se na multidão, seguiu seu caminho."

Lucas não era judeu e odiava os judeus. Portanto, seu relato é exagerado. Falando na pequena sinagoga que havia freqüentado na infância, ninguém estaria disposto a zombar de mim. Ainda assim, pude sentir alguns risos – algo como ratos correndo silenciosamente aos meus pés. Em verdade, escutei os murmúrios antes que fossem pronunciados: "O carpinteiro diz que devemos nos arrepender" ou "O que o Senhor esconde dos sábios e prudentes mas oferece aos crédulos?"

Era preciso que eu me tornasse apto a pregar em lugares onde não fosse conhecido. Assim me comprometi, e enquanto seguia a estrada de Nazaré para Cafarnaum, sentia meu coração ainda machucado com aquilo que o Diabo ousara dizer contra o Senhor. E meu Pai sequer Se defendera.

Ocupado com tais pensamentos, tropecei, e foi estranho, pois tinha os pés bastante ágeis e, apesar disso, sentiame pesado. Um braço forte me lançara ao solo. E uma voz forte falou em meus ouvidos:

– As palavras dos profetas não são Minhas palavras. Os profetas são honestos, mas costumam exceder-se.

Eu murmurei, apenas:

– Senhor, sou fraco. Falta-me eloqüência.

– Sim – falou o Senhor –, Moisés disse o mesmo: "Ó Senhor, minhas palavras saem lentamente, e tenho a língua morosa." Respondi a ele o mesmo que te respondo: "Quem fez a boca do homem? Por acaso, não sou o Todo-Poderoso?" Portanto, ide, e estarei com tua boca, e te ensinarei o que dizer. Tuas palavras não cairão por terror.

A promessa me deu força. E meu Pai acrescentou:

– Podes ir bem em Cafarnaum. Trata de frisar um ponto, qualquer um. As pessoas são surdas como pedras, e é preciso repetir aquilo que se pretende que aprendam. Sublinha tua fala com um bordão "Assim diz o Senhor", por exemplo. Não importa o que eles ouvem: as palavras também são criaturas Minhas e viajam por muitas estradas.

Quando me ergui sobre meus pés, senti o Espírito Santo me levantando ainda mais alto. Ouvi o rumor das asas de criaturas invisíveis que adejavam à minha volta e logo a seguir o ruído de mil carruagens, um clamor feliz que poderia muito bem ter vindo do outro lado de uma colina. Então, o Senhor falou novamente:

– Se acreditares em Mim, tuas mãos, teus olhos e tua voz produzirão milagres.

Sim, a mão do Senhor era forte. E eu fui para Cafarnaum.

17

Enquanto caminhava, bordejando a praia coberta de seixos do Mar da Galiléia, vi dois pescadores lançando suas redes. Eram homens fortes, altos e de mãos muito grandes. Como logo saberia, o mais velho, aparentando ser mais jovem do que eu, atendia pelo nome de Simão. O outro era seu irmão, André. Tendo puxado uma rede repleta de peixes, Simão percebeu que havia nela um rombo e, habilmente, com tiras de couro cru, tratou de emendar a falha.

Pensei que precisava de um homem que soubesse emendar redes, sendo capaz de capturar o peixe e com idêntica destreza evitar que se perdesse. À distância de uma pedra, convidei-os a virem comigo:

– Farei de vocês pescadores de homens.

Disse isso com grande contentamento, pois já me dera conta que ficar sem companhia por quarenta dias também é um jejum. Tinha visto homens e mulheres, nas bodas de Caná e na sinagoga em Nazaré, mas não os escolheria nem como amigos, muito menos como gente com quem devesse trabalhar.

Portanto, encarei aqueles dois como bons homens, pois havia gostado do modo como jogavam suas redes – a fim de fazer uma pequena mágica no mar. Carpinteiro, sabia menos da água do que da madeira, e imaginava que os peixes teriam artifícios para se defender, exigindo presença de espírito por parte do pescador, do contrário não se deixariam colher pelas malhas de sua rede.

Eu me entusiasmei, realmente, ao propor transformá-los em "pescadores de homens". Olhos nos olhos, chegamos a um acordo, e cruzando a faixa d'água que nos separava, pude sentir que Deus permitira-me roubar umas poucas manhas do Diabo.

Em verdade, adquirira a mesma eloqüência de Satã. Dirigia-me a estranhos com a mais fina cortesia e o incitamento mais íntimo, como se partilhássemos o prodígio de muitas coisas não ditas.

Relembrei o que ele dissera ao partir: "Tenho muita consideração por ti, e gostaria de apertar tua mão." E porque eu queria que partisse, estendi-lhe minha mão direita, que tocou a dele, e naquele mesmo instante soube que perdera uma parcela da proteção que o Senhor me dava.

Só uma pequena parcela. Em contrapartida, estava certo de que Deus tirara muito de Satã. Pois Simão e André mal tinham levado seu barco até a costa e enchido as bolsas com o produto do seu trabalho, e já desciam comigo a estrada, rumo à casa onde fui apresentado a Tiago, filho de Zebedeu, e seu irmão, João, o que interpretei como um bom presságio – eles tinham nomes iguais aos de meus próprios irmãos. Tão logo Simão os chamou, eles deixaram o pai sozinho com os servos contratados e vieram conosco, e tive que ponderar se estavam mais dispostos ao prazer do que à oração. Mas Simão assumiu toda a responsabilidade, e ele seria a minha rocha, firme em todas as horas, exceto uma única. Assim, tudo ficou decidido. Passei a chamá-lo de Simão Pedro, pois Pedro, como nome romano de pedra, é, além disso, um nome sonoro.

Reiniciando a marcha, éramos cinco – eu e meus quatro discípulos. Olhando-os, tinha certeza de que mereciam mais respeito do que desconfiança. Enquanto caminhávamos, Pedro puxou-me de lado e disse:

– Há duas noites, as redes pesavam tanto que o bote quase foi a pique. Mas rezei e fomos salvos. E em minha prece eu vi a sua face.

E, caindo de joelhos, ele prosseguiu:

– Não me leve, Senhor, pois não passo de um pecador. – E foi preciso segurar suas mãos e dizer-lhe que era um bom homem, tanto quanto eu podia mensurar, e que sua presença me fortaleceria em Cafarnaum. Só assim pudemos retomar o passo. Na cidade, afinal, fomos direto à sinagoga, onde preguei a sabedoria de João Batista.

Era o Sabbath e o recinto estava muito cheio. Compreendi então que se eu encontrara meus quatro discípulos ocupados com o trabalho em pleno Sabbath era porque eles não davam muita atenção aos dias em que se proíbe o trabalho. Pescadores só dão atenção às marés. Percebi, portanto, que não tinham instrução suficiente para pregar comigo. Não naquele dia. Mas mesmo sendo o único a discursar, consegui ser eloqüente.

Falei do coração de Deus e do quanto estava pesado. Falei que da multidão de homens e mulheres que o Senhor havia criado Ele escolhera o Seu povo, os judeus, alguns dos quais permaneciam fiéis, enquanto muitos outros tinham se afastado dos princípios religiosos. Deus preparara um paraíso para receber os que julgasse bons, mas aqueles que traíssem a Lei certamente sofreriam, bem como os que insistissem no pecado e na insensatez.

O julgamento iria fundo, em sucessivos patamares, exatamente como se os degraus de pedra do calabouço de meu Pai fossem em número infinito, e aos faltosos nada restaria senão reconhecer, embora tardiamente, que o poder de Sua mão destrói um reino com tanta facilidade quanto se esmaga um rato com os pés! Falei, assim, com a força de um homem que brande uma espada.

– Arrependam-se – disse –, e seus pecados serão perdoados. – Sem dúvida, a doutrina de João Batista me conferia autoridade. Minha voz erguia-se acima da cantilena dos fariseus e dos escribas, que naquela sinagoga de Cafarnaum, como em tantos outros locais de reunião dos israelitas, liam os pergaminhos entoando uma melodia fraca e plangente, um zumbido do coração; embotadas por anos de concessões, suas gargantas eram brasas semiapagadas, e suas vozes, assobios. As palavras me acudiam sem qualquer premeditação, na maior espontaneidade, fazendo com que me sentisse imbuído de novos poderes.

— Venham a mim os que trabalham e estão sobrecarregados – sequer sabia o que diria até as palavras saírem de minha boca – pois eu lhes darei descanso. Tomem minha canga sobre vós e aprendam comigo; pois sou humilde e dócil de coração, e suas almas encontrarão repouso. Perguntem – e dizendo isso senti que ganhava novos poderes – "Senhor, expulsarás os demônios?", e os demônios serão expulsos.

Isso foi exatamente o que disse. Um homem destacou-se da congregação, e notei que ele assustava os demais, pois tinha a aparência de um bandido. Com um nariz quebrado e inúmeras cicatrizes, era de fato um brutamontes, um espírito tão maculado que o fedor do seu corpo o precedia. Ele bradou:

— O que temos a ver com você, Yeshua de Nazaré? Você veio para nos destruir?

Possuía traços embrutecidos, resultado dos golpes que recebera em troca da inquietação que trazia dentro de sim. Mantive-me firme enquanto ele se aproximava, e fitando seus olhos, disse:

— Fique em paz. – E ele não se moveu.

Sabia que um espírito mau tomara conta de seu coração, e que era preciso tirá-lo de lá, tal qual um animalzinho deve ser arrancado da toca, e também sabia que ele viera a mim para que esse demônio pudesse ser expelido.

Dispensando algum anel de mágico ou ervas aromáticas, de um fôlego só, pronunciei apenas duas palavras:

— Sai, Satanás!

E com um grito alto, bestial, o mal foi extirpado.

Embora o espírito impuro fosse invisível, ninguém duvidou que ele fora posto para fora – ali, em plena sinagoga. Bancos vazios viraram e o vento ergueu a poeira do chão. Mas tão rápido como começara o distúrbio cessou.

Os bons judeus ficaram pasmos. Eram pessoas pias e seu maior incômodo foi partilhar o espaço com um espírito imundo. Não sabendo como resistir a isso, desejavam ardentemente conhecer quem estivesse pronto para guerrear contra o mal. Portanto, estavam curiosos:

— Que nova doutrina é essa? Quem ele comanda? Isso é impuro?

Senti como se tivesse jogado uma pedra no Mar da Galiléia e produzido uma porção de círculos na água. Mais tarde, as notícias sobre o que fizera atravessaram todas as regiões vizinhas.

— Peçam – disse aos que estavam ao meu redor. – Peçam e lhes será concedido. Procurem, e encontrarão. Batam, e a porta lhes será aberta.

Depois, na companhia de meus novos amigos, saímos da sinagoga e voltamos para a casa de Simão Pedro.

18

Dotado de uma força nova, sentia-me extremamente vigoroso. Tanto que ao encontrar a sogra de Simão Pedro ardendo em febre, bastou que eu segurasse sua mão para a febre passar. Ela se levantou da cama e deleitou-se em cozinhar para nós. Fomos muito bem alimentados.

À noite, chegaram amigos de Simão, André, Tiago e João, trazendo pessoas que se imaginavam vítimas de possessão demoníaca. Estava feliz com a minha habilidade, e as curas vieram rapidamente. Em verdade, bastava colocar a mão sobre suas cabeças para expulsar os pequenos diabinhos.

Pela manhã, Pedro me disse:

– Temo que haja muita gente à sua procura, e devo adverti-lo de que estão curiosos, querendo testemunhar milagres. Mas será que tem o poder de transformar a alma dos homens?

Esse discurso me fez pensar em João Batista, prisioneiro de Herodes Antipas, e senti o peito dilacerado de dor. Se o Senhor me dera grandes talentos, então eu não poderia escapar à vingança daqueles que O odiavam. Por isso, encorajei meus discípulos a partirem comigo. Percorreríamos as sinagogas da Galiléia praticando exorcismos. Melhor fazermos o que precisava ser feito, extasiando as multidões, do que permanecer num círculo restrito, em que os prodígios se converteriam numa armadilha para nós. De alguma coisa me valera a sabedoria de Pedro.

Assim, no pátio de uma sinagoga, numa cidade distante, um leproso se aproximou e perguntou:

– Você pode me curar?

Fiquei em silêncio e ele disse:

– Impuro, não posso entrar na sinagoga, e se não puder entrar na sinagoga continuarei impuro.

Não sabia como curá-lo, mas não conseguia despregar meus olhos dele, e implorei ao Senhor: "Conceda-me tal poder, pelo menos uma vez."

Tomando todo o cuidado para não desviar o olhar, o que daria a impressão de nojo, fui capaz de lembrar-me do que estava escrito nas escrituras que Deus entregara a Moisés. "Joga teu bastão no chão", dissera o Senhor, e o pau se transformara numa serpente, da qual Moisés tratou de escapar com a rapidez que pôde. "Não corras", advertiu o Todo-Poderoso; "estende a mão e pega-a pelo rabo."

Moisés pegou a cobra em suas mãos e ela se converteu, de novo, num cajado. Então, o Senhor disse: "Põe a mão no peito." E Moisés o fez, constatando em seguida que ela se tornara gelada como a neve, inteiramente necrosada. Mas Deus falou: "Repete o mesmo gesto." E quando Moisés, mais uma vez, obedeceu, viu que sua carne havia se recomposto.

De repente, ouvindo a voz de Deus me assegurando que o poder conferido a Moisés seria meu, estendi a mão e toquei o peito do leproso, dizendo:

— Você está curado.

E a lepra o deixou, e ele se tornou puro. Foi um milagre tão extraordinário que lhe pedi para não contar nada a ninguém. Mas ele saiu dali e espalhou a história, provocando enorme excitação e me obrigando a buscar refúgio no deserto antes que uma multidão de leprosos me esmagasse. Nem era preciso que Deus me advertisse sobre os graves obstáculos que eu teria que enfrentar, para curar tantos e de uma vez só.

Em verdade, as doenças dos homens me pareciam seguir uma hierarquia, tal como os anjos. Curar a mais grave, ou a mais vil, significava pedir ao Espírito Santo que descesse dez vezes ao fundo do poço. A cura do leproso me deixou muito cansado, e fiquei imaginando se as forças de Deus também poderiam ser consumidas... Afinal, o milagre se dera com a ajuda do Espírito Santo, que era o elo entre mim e meu Pai.

Portanto, fugi para o deserto e disse a meus seguidores que os encontraria em Cafarnaum.

19

Durante duas noites partilhei o chão com cobras e escorpiões, e fiz o que pude para afugentar o medo. Murmurava comigo mesmo que João Batista era capaz de pegar um escorpião com os dedos e falar com ele, sem ser picado, mas isso não adiantou grande coisa. Não fui ferroado, mas o pavor persistiu.

De volta a Cafarnaum encontrei uma situação melhor. Diante de mim estava um centurião. Ele envergava um peitoral metálico e seu elmo ostentava a águia romana. Era orgulhoso. Quantos já teria matado com sua espada? Ainda assim, foi polido ao se dirigir a mim.

— Senhor, meu servo preferido está paralítico.

Repliquei, de imediato:

— Leva-me até ele e o curarei.

Numa surpreendente demonstração de respeito, e com lágrimas nos olhos, o centurião respondeu:

— Senhor, eu não sou digno de que entre em minha casa. Mas diga uma só palavra e o meu servo será curado. Posso dar ordens a um soldado e dizer a ele aonde ir, e ele irá; ou vir, e ele virá. Da mesma forma, meu criado fará tudo o que for preciso, conforme as orientações que me der.

Maravilhado, voltei-me para meus discípulos e disse:

— Onde encontrei maior fé em quem quer que fosse? Na Galiléia, em ninguém. — E falei ao centurião: — Vá! O teu servo já está bom.

E assim foi, segundo soube por terceiros. Assim, compreendi que estava em meu poder mandar o poder de Deus aos que dele necessitassem, mesmo que não fossem judeus. Senti-me sublime por isso e muito contente, dada a aclamação com que fui saudado pelo povo, nas ruas. Muita gente parou para me aplaudir, e reparei nas bocas de vários homens, pintadas de carmim. Simão Pedro me contou que na pequena Cafarnaum havia homens que não conheciam mulheres, mas outros homens. E eu aprendi que esses homens cobriam os lábios com o sumo de bagas vermelhas e, nas tabernas, comentavam os feitos heróicos dos espartanos, bravos guerreiros, que dormiam nos braços uns dos outros.

Isso levantou celeuma entre os pescadores, e Pedro disse:

— Os espartanos não abandonam suas espadas, ao passo que os de Cafarnaum colorem a boca com a cor predileta das mulheres.

No entanto, afeiçoei-me aos meus novos discípulos. Eram gentis e se reuniam sob a copa de uma árvore, já que não eram aceitos no templo. Fui amável com eles.

Na sinagoga, todavia, falei a respeito de João Batista, detido na prisão de Maquerunte. Já que o fato era público e notório, não foi difícil encontrar as palavras e meu discurso fluiu com clareza. E o número de pessoas era cada vez maior, até que não havia mais nenhum lugar nos bancos, nem mesmo no vestíbulo ou do lado de fora. Um dia, quatro homens tentaram fazer entrar um pobre coitado, paralítico de braços e pernas, mas não conseguiram atravessar a multidão. Em desespero, pegaram uma escada, subiram no telhado e desceram o doente (e sua cama) até onde eu pregava. Com certeza, tratava-se de uma pessoa digna, e sensibilizado pelos cuidados com que o cercavam, pronunciei as seguintes palavras:

— Teus pecados te serão perdoados.

Imediatamente, ele se ergueu do catre. E eu sabia por quê. Os que vinham a mim já haviam sofrido tanto que estavam dispostos a reconhecer o peso de seus erros, vale dizer, prontos para a cura. A aflição resultante da paralisia purgara o mal cometido, e pude perdoá-lo, sem hesitação.

Os escribas, entretanto, sentiram-se afrontados. Ouvi um deles dizer:

– Por que Jesus blasfema? Só Deus pode perdoar os pecados.

Só então me dei conta do quanto me arriscara. Mas era difícil ser paciente. Os pios estavam começando a me incomodar. O odor de sua santidade era como o de moluscos mortos na praia que outrora os alimentara.

Por conseguinte, perguntado como ousava perdoar pecados, respondi:

– Por que procurar razões? O sujeito chegou aqui paralítico e, logo depois, saiu carregando a cama nas costas; talvez tenha mancado um pouco, mas apenas por um momento. – A réplica os ofendeu.

A cada dia que passava, a escolha do Senhor se tornava mais compreensível. Podia ver como a paciência de meu Pai era posta à prova pela Sua criação. Consumimos Sua caridade sem parar de pecar. Assim, Ele precisava de alguém tão simples quanto eu para ouvir a confissão dos homens. Na desolação dos corações alheios, reencontrei o vácuo que sentira dentro do meu próprio peito durante o jejum no alto da montanha; descompensadas, apesar das boas ações que possam ter praticado, as almas contemplam o vazio, diante da memória de seus pecados. Quanta compaixão sentia pelos pecadores! E por isso rezei, implorando ao Senhor que nunca deixasse de falar por meu intermédio.

20

Era evidente a necessidade de discípulos que me seguissem, diariamente, encarregando-se das tarefas para as quais eu não possuía habilidade. Vendo Levi sentado na porta da aduana, chamei-o e pedi que me seguisse. Tinha uma fisionomia boa e arguta, e eu precisava da luz de seus olhos.

Veio conosco, e nem me preocupei com o fato de ser um coletor de impostos. Mas logo aprendi que poucos homens são tão impopulares quanto os que trabalham na alfândega, recolhendo os tributos devidos aos romanos. Eu só podia avaliar os pecadores de uma forma: exibiam na face alguma promessa de bem-aventurança? Mesmo um enganador, ou um colaboracionista, podia me revelar mais de Deus do que um homem justo, mas triste.

Além disso, carecia de 12 homens, representando as 12 tribos de Israel, 12 homens que pudessem me olhar nos olhos e me permitir ver o que habitava em seus corações.

Só de um deles eu não poderia dizer isso: Judas Iscariotes. Com sua barba escura, era belo. Quis que estivesse entre os meus, mesmo que não pudesse ver o que havia em seu coração. Ele possuía um olhar de fogo. De fato, a chama do seu espírito me cegava. Mas recebi-o bem. Alegou amar os pobres, dizendo que vivera entre os ricos o bastante para desprezá-los. Filho de um pai rico, garantiu conhecer as manhas dos poderosos, e todas as suas artes sujas. Em verdade, podia me ensinar muito mais, ainda que talvez fosse um presente de Satã para mim. Afastei as preocupações, porém. Assuntos mais urgentes reclamavam minha atenção.

Vivi entre aqueles 12 homens que não haviam vacilado em me seguir e acreditava ser capaz de ensinar a alguns deles pelo menos como expulsar os demônios, tornando-os aptos a pregar mundo afora. Antes disso, entretanto, eles precisavam aproximar-se de mim muito mais. Confiava em Simão Pedro, mas não me sentia tão seguro com relação aos filhos de Zebedeu, Tiago e João, nem quanto a André, Filipe, Bartolomeu e Tomé, ou quanto ao segundo Tiago, Tadeu, Simão de Cananéia e Judas Iscariotes, de quem já falei. Esse, eu não poderia ensinar – era orgulhoso demais. O último de todos, o publicano Levi, também ficou conhecido como Mateus, mas visto que com esse nome ele se confundiria com o evangelista, melhor continuar a chamá-lo de Levi.

Escolhendo tais discípulos, despertei muita insatisfação entre os fariseus. Na ocasião em que fui comer carne, na casa de Levi, sentaram-se conosco muitos pecadores, alguns deles coletores de impostos. Pesava em seus corações o fato de trabalharem para os romanos, e eles se sentiam envergonhados perante os outros judeus. Precisavam de mim, portanto.

Quando os escribas e fariseus nos viram juntos, fazendo a refeição, disseram:

– Como ele pode se misturar com essa escória?

Não querendo, absolutamente, aumentar a má impressão que já existia entre mim e aqueles fariseus de Cafarnaum, limitei-me a responder:

– Quem está bem de saúde não precisa de médico, apenas os doentes. Não vim aqui conclamar os justos ao arrependimento, mas os pecadores.

Mas como contar aos fariseus que os pecadores, tendo conhecido o Espírito do Mal, podiam tornar-se avessos a seus velhos apetites, ao passo que os pios, pensando apenas em proteger-se das tentações de Satanás, acabavam supurando por dentro?

Além do mais, sentia-me feliz comendo com os pecadores. Alguns amigos de Levi eram sujos (pois Levi mantinha-se fiel aos amigos pobres), e entre eles pude meditar sobre a falta de religião de muitos homens ricos, que não usavam a riqueza para fazer o bem; ali, naquela mesa, me dei conta das pequenas injúrias que causamos a quem está ao nosso lado, apesar da piedade que sentimos pelo próximo. Aqueles rostos tinham a dignidade da madeira em estado bruto, após ter sido exposta ao calor e à inclemência do sol e da chuva.

Obviamente, tal argumento não satisfaria os fariseus, que diriam: "Os discípulos de João jejuavam. Por que os seus não fazem o mesmo?" À noite, eu me lembraria de suas vozes tão devotas, sem atinar, contudo, como podiam falar em nome da religião e afastar os pecadores.

Mas eu tinha outras dúvidas. Por que eu andava à cata de homens que preferiam comer e beber a rezar? Será que aos filhos de Abraão bastaria um comparecimento assíduo à sinagoga? Tinha a certeza de que no banquete celestial os piedosos não seriam aceitos – só os pobres e pecadores. Com eles é que eu beberia o vinho, pensando no quanto já bebera. Em família, a bebida destinava-se a ocasiões solenes. Agora, era tomada a cada refeição.

Os taberneiros não costumavam adotar maneiras solenes. Ainda assim, confiava na amizade que existia entre nós. Não era hora de jejuar, pois isso nos tornaria melancólicos e semelhantes aos que louvam a Deus com palavras mas temem o próximo, de modo que nunca O podem louvar por atos corajosos.

Assim pensava, enquanto virava minha caneca. Podia, sim, levar salvação aos pecadores. Mas isso fazia girar minha cabeça. Havia tão pouco tempo e tantos obstáculos... O pagão que buscasse o batismo estaria pronto para repudiar seus falsos ídolos? Sua família o acompanharia nesse gesto?

As divergências com os fariseus de Cafarnaum acirraram-se quando os publicanos cruzaram os campos, no Sabbath, recolhendo espigas de milho. Os fariseus reclamaram:

– Essa coleta é ilegal.

Minha voz competiu com minha cautela quando respondi, se bem que as palavras tenham sido bem aceitas:

– O Sabbath foi feito para o homem, e não o homem para o Sabbath.

No Sabbath seguinte, ao entrar na sinagoga, vi-me diante de um operário com a mão inutilizada. Vários fariseus, muito excitados, esperavam para ver se eu seria capaz de curá-lo. Eu sabia que eles esperavam uma oportunidade para acusar-me, por isso cogitei de nada dizer ao trabalhador ferido. Mas fiquei confuso, ao ouvir o que ele disse:

– Era pedreiro, mas meus dedos foram esmagados. Rogo-lhe, Yeshua, dê-me de volta uma boa mão, ou terei que esmolar o alimento da minha família.

Eu não podia recusar. E disse a ele:

– Aproxime-se – e dirigindo-me à congregação: – É lícito fazer o bem no Sabbath?

Ninguém respondeu. Não tinham coragem. A dureza de seus corações (e nenhum coração é tão duro quanto o dos tímidos) me enfurecia. Fitando o homem, ordenei:

– Estenda a mão.

Nem precisei tocá-la. Imediatamente ela se restaurou, ficando tão perfeita quanto a outra. Mas foi com angústia que percebi os fariseus se retirarem, ultrajados, e concluí que viria um tempo em que teria de ir à guerra contra alguns daqueles de meu próprio povo.

Mais tarde, naquela mesma noite, um deles, que conhecia um oficial do rei, morador em Cafarnaum, disse a Pedro que Herodes estava considerando a necessidade de silenciar esse Yeshua de Nazaré. Decidi que seria de bom alvitre procurar uma gruta, nas costas do Mar da Galiléia. Pois, aos olhos dos soldados de Herodes, Yeshua de Nazaré não pareceria o Filho de Deus, mas apenas um judeu pobre.

21

No entanto, não estava sozinho. Meus discípulos me acompanharam, e com eles muitos outros. A palavra atravessara as colinas e os vales da Galiléia, chegando às montanhas. Contudo não me sentia apto a falar. Os discípulos eram agora obrigados a comportarem-se como soldados, e formavam minha guarda. Apesar de tudo, entendia o desejo daquelas pessoas me tocarem e cedia, até que se tornavam tão numerosas que meu poder de curar se esvaía. Em verdade, seus dedos solicitavam tanto a minha carne que ao final do dia estava bastante machucado.

Disse aos discípulos que encontrassem um bote e o escondesse numa gruta do Mar da Galiléia. Se fosse necessário, eu poderia permanecer perto da costa, mas numa posição destacada, e pregar de pé, na proa, só voltando à terra firme para colocar a mão em uns poucos.

Enquanto esperava, escalei uma montanha. Muitos me seguiram. Desci por outro caminho, alcançando uma cidade próxima de Cafarnaum, e entrei numa casa onde fui bem-vindo. Mas outra multidão cercou a residência. Havia até mesmo dois escribas de Jerusalém no meio do povo. E um deles comentou:

– Ele deve ser o príncipe dos demônios, pois só Belzebu pode expulsar seus semelhantes.

O perigo que pressentira estava perto. Paralelamente aos conhecimentos sobre os métodos de cura que ia adquirindo, uma praga de espíritos maus se espalhava. Os íntegros só podiam interpretar meus esforços como obra do Diabo: um homem modesto poderia praticar milagres, por acaso? Muitos já murmuravam que eu estaria disposto a negar os Dez Mandamentos e a miríade de leis que deles derivava. Em contrapartida, os bons fariseus oravam por um mundo em que todos cumprissem as leis. Portanto, devia enfrentar o debate com os dois escribas de Jerusalém, e o fiz com certa esperança, pois pareciam sábios. Disse:

– Vós me comparais a Belzebu. Mas se eu fosse um demônio, capaz de destruir os demais espíritos das trevas, não estaria destruindo a mim mesmo? Quando Satã expulsa Satã sua casa se divide. Não é sabido que um reino acometido por lutas internas não pode perdurar?

Eles se retiraram muito sérios, mas muitas vezes a severidade expressa a falta de respostas.

Naquele dia, os doentes eram muitos. Dois mensageiros que haviam estado com João Batista na prisão me procuraram. Pareciam ansiosos:

– Tu és o Messias? – indagava João. – Ou devo esperar por outro?

Desconfiando deles, meus discípulos disseram:

– O Batista tem ciúmes de ti.

Eu não iria acreditar nisso. Tendo ouvido falar da minha convivência com os pecadores, João devia estar cheio de escrúpulos – apenas isso. As paredes de um calabouço pesam sobre o pensamento e, com certeza, esmoreceram sua fé. Talvez ele não me conhecesse mais. Será que não entendia os sinais do Senhor? Meu poder de fazer milagres era a maior evidência de que Ele não estava aborrecido por eu me sentar à mesa com os pecadores. Aos dois que vieram a seu pedido eu disse:

— O manco anda. Leprosos são purificados e demônios afastados. Os paralíticos recuperaram a firmeza. Bendito seja quem não se escandaliza com meus atos.

Depois, mandei-os embora. Mas, falando ao meu povo, defendi João:

— Entre os que nasceram de mulher, ainda não surgiu ninguém maior do que João Batista.

Meus discípulos não entenderam nada, interpretando o que eu dizia como uma humilhante perda de autoridade. Apesar de tudo o que já haviam visto, não tinham certeza de quem eu era.

Àquela mesma casa chegaram minha mãe e meus irmãos, Tiago e João, que me chamaram, do lado de fora. Mas havia uma multidão e eu não os ouvi. Um homem me avisou:

— Veja, sua mãe e seus irmãos o procuram.

Não respondi. Podia ouvir Maria discutindo com meus discípulos, criticando-me por ter feito curas no Sabbath, uma prova de que eu estava endemoninhado. Meus irmãos fizeram pior, dizendo que eu ensandecera. Tinham vindo para me levar de volta. De fato, os ciúmes que eles sentiam de mim não eram novidade. Assim, quando o homem voltou a anunciar minha mãe e meus irmãos, eu respondi:

— Quem é minha mãe? Quem são meus irmãos? — e encarei todos os presentes, como se precisasse de cada um deles. E disse: — Meus irmãos e minha mãe são os que estão comigo e cumprem a vontade de Deus.

Mais tarde, contaram-me que Maria chorou ao saber de minhas palavras. Bem gostaria de não as ter dito. Devia muito a ela, mesmo considerando que nossa convivência nunca fora tranqüila. Sempre temerosa, tentara incutir em mim, na minha juventude, o medo dos romanos, depois dos judeus ricos, que tinha na conta de muito importantes, mais do que ela própria. Tudo isso só servira para alimentar minha ira.

22

À noite, ainda com remorso pelo que dissera de minha mãe, senti vontade de ver o mar e disse a meus discípulos:

– Vamos passar para o outro lado.

Eles haviam desfrutado de um verdadeiro banquete e, certamente, tinham percebido que os ricos que residiam nas cidades em torno de Cafarnaum estavam prontos a nos receber a qualquer hora. Portanto, tendo comido e bebido à farta, não se sentiam inquietos. Era eu que carecia de paz.

Ao longo das últimas semanas recebera muitos doentes, alguns cobertos de chagas, e também muitos loucos; e tentei curá-los. Transitando do meu coração às minhas mãos, o Espírito Santo fazia com que bastasse um simples toque.

Ainda assim, o salto que o Diabo me incentivara a dar nunca me saía da cabeça. No instante mesmo em que a graça divina operava através de mim, sentia a marca da covardia na minha carne. Pois é covarde temer a morte, como eu tinha temido. Agora, recordando o vexame, podia ver com clareza o quanto isso era justo. Não havia do que me orgulhar. Nos minutos que passamos juntos, eu e o Diabo, será que não transferi para ele parte da minha devoção?

Diante dos que não podia curar, tais sentimentos me atingiam com mais força ainda. Via o abismo nos olhos dessas pessoas, julgando-as semelhantes aos anjos do mal. Só no mar, ou num lago tão grande quanto o Mar da Galiléia, conseguia me livrar dessas idéias tão pesadas e recuperar o fôlego.

Pedi aos discípulos que estavam mais próximos que mandassem ir as multidões, e quando o sol desceu abaixo da linha do horizonte e a maioria já havia partido, tomamos um barco; uns poucos que ainda nos seguiam vieram atrás de nós, em pequenos botes. Foi então que um grande vento varreu a superfície das águas.

As ondas batiam contra o costado e entravam pela proa. Ignorando o pânico geral, eu dormia placidamente, na paz oscilante da embarcação. Mas os discípulos me acordaram, assustados, dizendo:

— Mestre, estamos prestes a afundar. Não se importa se perecermos?

E eu disse ao vento: "Pára", e a calma se fez. Em verdade, não sei se esse milagre foi meu. Ao abrir os olhos, percebi que a tempestade não devia durar muito. De qualquer modo, aproveitei a oportunidade para admoestá-los:

— Por que temem? Por acaso, perderam a fé?

Depois, afastado o temor, ouvi-os comentar entre si: "Quem é esse homem, afinal, a quem até os mares obedecem?"

Desembarcamos num quebra-mar, entre Gadara e Decápolis, terra de gentios pagãos. Não me sentia à vontade. A região era desconhecida e pouco amistosa, e tínhamos dado numa praia escarpada, cheia de túmulos.

De uma das tumbas, veio caminhando em nossa direção um gigante, carregando uma tocha. Seu espírito sujo manifestava-se num bafo tremendo, que fazia o fogo arder ferozmente. Ninguém, nem mesmo Pedro, poderia enfrentar aquele filho de Nefilim, descendente de anjos que haviam copulado com mulheres, dando origem a uma raça de homens colossais, pagãos, com certeza, portadores de uma mensagem de carnificina e desordem.

Eu disse:

— Paz. — E ele parou.

E tendo parado, falou:

— Nenhum homem pode me conter ou me comandar.

— Então do que tens medo? — perguntei.

— De tudo — respondeu ele. — Vivo nas sombras daquelas tumbas e choro, cortando minha carne com pedras afiadas. Mas de você eu sei tudo. E o cultuo.

— Sabe o quê? — perguntei.

— Que seus olhos espalham uma grande luminosidade e que seu nome é Jesus. É o que comentam os que ousam falar comigo.

Pelo tremor de seus lábios vi que ele estava prestes a recuperar sua força e lançar-se contra mim.

— Não são poucos os que se atemorizam ao ouvir falar a meu respeito — prosseguiu. — Sou capaz de conter mais diabos do que qualquer outro. Eu suplico: Não me atormente, Jesus! Estou avisando.

Realmente, eu estava com medo; aquele infame parecia um touro. Seu cabelo misturava-se com a barba e os tufos de pêlos eram como fardos de corda espessa, dessas que servem de amarra, prendendo os navios no ancoradouro. Ele disse mais:

— Vivo nas tumbas dos condenados.

— Qual é seu nome? — indaguei.

— Meu nome é Legião — respondeu. — Somos muitos, e a soma desses tantos está em mim.

Então era isso! Tratava-se de um possesso. Mas será que eu daria conta de todos os demônios que haviam penetrado nele? A mão do Senhor, pressionando minhas costas, impelia-me à frente.

– Os espíritos impuros que devoraram Herodes estão em você – disse eu. – Saiam de Legião! Saiam!

E rosnei como um animal, que é como agem os essênios, quando querem fazer cumprir uma ordem do Senhor. No momento em que os demônios saíam num torvelinho pela boca do gigante, uma horda de porcos selvagens vinha correndo do campo que ficava logo abaixo das tumbas. É sabido que o diabo deve habitar um corpo. E eles berravam: "Deixe-nos nos porcos de Gadara." Portanto, deixei-os entrar nos suínos, que se precipitaram do despenhadeiro, desaparecendo no mar. Contei dois mil, e todos se afogaram. Nem mesmo aqueles desprezíveis animais podiam suportar tão vis invasores.

Veio gente correndo olhar o homem que fora possuído por tantos demônios, mas encontraram Legião vestido e banhado, muito quieto. Mesmo assim, amedrontados, os sábios de Gadara solicitaram que eu deixasse suas terras.

De volta ao barco, Legião implorou que o recebesse. Fiquei tentado. Ele seria um bom apóstolo. Mas não podia acrescentar mais um aos 12 que já tinha. Ademais, era pagão. Assim, dei uma desculpa, da qual não me orgulho.

– Vá e conte ao seu povo o que aconteceu.

Em verdade, eu abominava o sujeito. O tropel dos demônios expelidos da sua garganta ainda me parecia inexplicável: o que teria motivado tamanha miséria?

Legião partiu rumo a Decápolis, e falou bem de mim entre os gentios que a habitavam. Eles ficaram boquiabertos, ouvindo suas palavras de louvor. Antes, ele jamais dissera nada de bom a quem quer que fosse.

23

Após meu retorno a Cafarnaum, um dos anciãos da sinagoga, de nome Jairo, aproximou-se e ajoelhou-se a meus pés. Até então, os fariseus tinham se limitado, de forma bastante relutante, a me ceder um espaço para pregar. No entanto, ali estava Jairo, rogando:

– Minha filhinha está à morte. Peço-lhe que venha curá-la.

Eu já aprendera o quanto era pequena a distância que separa a fé da perda da fé. Ambas penetram no coração silenciosamente. Então eu compreendi: as autoridades eclesiásticas certamente me desaprovavam, o que não significava que não tenha conseguido entrar em seus corações. Fortalecido por essa convicção, fui com Jairo à sua casa, seguido por uma multidão. Na rua, senti que me tocavam e perdi a calma:

– Quem foi?

Um estranho disse:

– Repare nessa multidão: como pode perguntar quem foi?

Mas uma mulher jogou-se a meus pés e falou bem alto:

– Durante 12 anos não parei de sangrar, e gastei tudo o que tinha com médicos, sem nenhuma melhora. Ouvi falar de você e quis tocar suas vestes para ficar boa. E aconteceu. Eu parei de sangrar.

Seus olhos testemunhavam que era verdade. Assim, tratei de ser amável:

– Vá em paz, minha filha, que até amanhã a sua cura será completa.

Quando ela partiu, porém, um servo da casa de Jairo chegou com a notícia:

– Sua filha deixou de viver.

Teria a cura do sangramento esgotado o poder que eu estava guardando para salvar a criança? Mas meu Pai estava comigo e, sentindo Sua força, voltei-me para o fariseu e disse:

– Jairo, não tema. Apenas creia.

Minha esperança era que sua filha não tivesse morrido, mas permanecesse naquele longo sono que antecede a morte, de forma que pudesse salvá-la. Não sabia se teria o poder de trazer de volta à vida aqueles que estavam realmente mortos.

Recitei baixinho as palavras do profeta Isaías: "Acorda e canta, tu que moras no pó."

Encontrei a família cheia de aflição, chorando e se lamentando. Eu entrei e disse:

– A garota não está morta, apenas dorme.

Disse-o para acalmar o ambiente. Os mortos são melhor despertados em silêncio; o tumulto os afasta cada vez mais. Assim, pedi aos enlutados que deixassem a casa e fui com Jairo e a esposa até o leito de morte da jovem. Segurei sua mão e pronunciei palavras que lera nas escrituras:

"Quando Eliseu chegou em casa e deparou com o filho morto, rezou ao Senhor. E aproximando-se da boca do rapaz, fitando-o, e segurando as mãos dele entre as suas, debruçado sobre o corpo, viu que ainda estava quente, e suspirando sete vezes, o moço abriu os olhos."

Disse aos pais da menina que isso era suficiente, ciente de que se ela não mexesse o dano seria irreparável. Pois foi com o poder do Senhor em minhas mãos que a toquei, dizendo:

– Boa filha, levante-se. – E ela se ergueu e andou. Jairo e a mulher ficaram atônitos; recomendei que preparassem uma comida com muito amor, pois a menina despertara num estado lastimável. Talvez isso nem tivesse acontecido, mas certamente fora a infelicidade do casal que jogava uma mortalha sobre aquela criança. A casa estava repleta de sentimentos impuros, e o ar dos cômodos era pesado, a miséria estagnara por toda parte. Antes de partir, ordenei que jejuassem, deixando uma flor, num pequeno jarro, à cama da filha, a cada manhã.

Tudo tinha sido muito fácil, mas meus ombros pesavam e meus braços e pernas estavam enfraquecidos. A energia drenada em parte pela mulher que tocara minhas vestes esgotara-se com o despertar daquela garota que mal queria viver. Teria abusado demais dos poderes do Senhor? Seria mais conveniente poupar Seus esforços? De repente, quis voltar a Nazaré e pedir desculpas à minha mãe pelo dia em que a magoara.

24

Regressei à minha terra na companhia dos discípulos e passei dois dias com Maria, sem contudo saber como abrandar seus sentimentos. Como ela poderia me perdoar após eu ter perguntado quem era minha mãe?

Durante o Sabbath, comecei a pregar na sinagoga, logo despertando descontentamento. As pessoas comentavam: "Que sabedoria é essa?" E quando lhes falei de minhas obras, do leproso curado e da tempestade amainada, senti minha imodéstia – algo como um espírito infame sobre mim – e nem ao menos obtive crédito graças a isso. Era o mesmo que pregar no deserto. Ouvia murmúrios do tipo: "Esse não é aquele carpinteiro, filho de Maria?" Realmente, haveria maior sacrifício do que honrar um homem comum? Temia que não me amassem. "Ninguém é profeta em sua própria terra", pensava eu, "nem pode um médico curar quem o conheça." De fato, em Nazaré não fui capaz de realizar nenhum milagre.

Entretanto, no Sabbath seguinte, tendo acordado com a força de meu Pai, curei uma mulher enferma há 18 anos, sofrendo novamente idêntica reprimenda, desta vez por parte de uma autoridade do pequeno templo da aldeia – um homem rico e cheio de si –, que me disse:

– Há seis dias em que os homens devem trabalhar e durante os quais podem ser curados; não no Sabbath.

– Você tirou seu boi do estábulo nesse dia – respondi -- e o levou à água, mas não quer que esta mulher seja liberta de seus grilhões quando celebramos as obras do Senhor.

Disposto ao debate, ele replicou:

– Alguns de nós não soltamos o gado, no Sabbath. A fé é uma estrada estreita.

Isso me ofendeu, e tive um ímpeto de agressividade e quis dizer: "Não passas de um hipócrita, pois levas o boi para beber água no dia santificado a fim de que o animal não se desvalorize." Mas preferi ser prudente e disse:

– Estreito e pedregoso é o caminho que leva à salvação da vida, e largo o que conduz à destruição.

Ele balançou a cabeça, como sendo o único que entendesse o cerne da questão, e pousou a mão no meu ombro, simulando ares paternais, afirmando:

– Nos dias claros, a larga estrada da fé mais singela não apresenta perigo algum, mas à noite, ou quando chove, ela se transforma num atoleiro inviável. Procure, Yeshua, o caminho estreito que leva às rochas. E trate de não fazer curas no Sabbath. Essa é a estrada ampla que deve evitar.

O toque de seus dedos transmitia toda a confiança de um homem opulento, e um recado bastante evidente: "Respeite minhas palavras. Muita força jaz sob elas."

Senti vergonha. Meus poderes me abandonaram. Mais uma vez, e em minha própria sinagoga, perdia a força.

25

Tão logo deixei Nazaré, alguns bons espíritos retornaram, ansiosos pelo que poderíamos fazer. Chegara a hora de enviar mensageiros. Provavelmente, já estariam em condições de realizar atos semelhantes aos meus. Notícias acerca dos milagres que praticara haviam se espalhado e os apóstolos poderiam capitalizar isso.

Disse-lhes que saíssem em jornada, sem levar dinheiro nem alimento, apenas um cajado e um agasalho.

– Ao entrarem numa casa, permaneçam lá até o momento de partir. Fujam daqueles que negarem hospitalidade. Sacudam a poeira de seus pés. Desta forma, não terão maiores dificuldades.

Desde que não abandonasse meu trabalho, nem me entregasse a lamentações, poderia transferir a eles parte daquilo que o Senhor me atribuíra: é a autopiedade que nos destrói. Isso era duplamente verdade no que diz respeito ao Filho do Senhor e a seus seguidores mais próximos.

Disse a eles várias coisas. De fato, havia muito a aprender e o tempo urgia, por isso meu discurso foi áspero. Estava começando a entender que o arrependimento gera tumulto – a alma vacila – e, nessa hora, uma palavra gentil pode não ser sábia. Os mais distraídos sequer a ouvirão.

Disse também que não se preocupassem com o que lhes parecesse incompreensível, pois já conheciam bastante para ensinar.

– O que vocês ouvem é a sabedoria do Senhor e podemos pregá-la em público. Não temam os fortes, a menos que possam matar a alma. Temam a Deus, que tem o poder de destruir tanto a alma quanto o corpo. Lembrem-se: Ele é onisciente. Um pardal não pousa sem que o Pai tenha disso pleno conhecimento. Não temam, portanto, posto que valem mais do que muitos pardais.

Daí em diante, minhas palavras fluíram com naturalidade. E me orgulhei disso, embora tenham sido escolhidas pelo Senhor, que as colocou na minha boca:

– Os que me negarem serão igualmente negados por mim, diante de meu Pai. – E alguns discípulos recuaram, pois nem todos estavam prontos a admitir abertamente que eram do meu grupo.

Olho no olho, encarei os 12, e disse algo bem diferente de tudo quanto já tinha ouvido:

– Não vim trazer a paz, mas a espada.

De fato, o Senhor me propiciara uma visão das inúmeras batalhas que antecederiam a paz, e meu coração ainda estava cheio de dor pela mágoa que havia provocado em Maria. Portanto, não falei somente com a ira do Senhor, mas também com a minha. A família me deixara dividido, o que me levou a dizer:

– Às vezes, os inimigos de um homem serão membros de sua própria linhagem. Quem quer que ame pai ou mãe mais do que a mim não é digno de mim, assim como aquele que quiser encontrar a vida antes deverá perdê-la. Mas, morrendo, renascerá para a vida eterna.

Só então me dei conta de que meus apóstolos estavam chorando. Nenhum pensamento desperta mais compaixão do que a morte por um amigo; é quando um homem se sente mais nobre. Tentei ensinar a eles o que deve ser encontrado nas leis do amor, dúbias demais, dizendo:

– Amem o próximo como sua própria alma. Guardem-no como a pupila dos próprios olhos. Alegrem-se somente quando puderem vê-los com amor. Saibam que nenhum crime é mais oneroso do que entristecer o espírito de um irmão.

Suspirando, eles perceberam a verdade do que eu tinha dito e o quanto era difícil essa verdade.

Enfim, mandei-os pregar.

Sozinho numa cabana abandonada por pastores, no alto das colinas de Cafarnaum, busquei subjugar os medos terríveis que permaneciam comigo, e que me assaltavam no meio da noite, enrijecendo meus braços e pernas e obscurecendo totalmente minha vista.

26

O primeiro desses medos, o pior de todos, nem era um sonho. Soubera que João Batista tinha sido morto em seu calabouço, na prisão de Maquerunte, e que o próprio Herodes Antipas comandara o feito.

Desde que soube da prisão de João, sempre acreditei que Deus o libertaria. Agora, percebendo o erro em que incorrera, sentia-me sem apoio, à beira de um penhasco.

Um segundo medo acompanhava o primeiro. Muitos diziam que João retornara ao mundo dos vivos e estava realizando obras miraculosas. Muitos acreditavam que João e Jesus eram um só. Esse perigo era claro. Se Herodes

Antipas mandara assassinar João Batista uma vez, não iria falhar numa segunda ocasião. A morte de João flagelava o meu sono.

Meus discípulos ouviram muitas versões, de muitas pessoas, e me contaram toda a história. Herodes se enfurecera devido às críticas que meu primo fazia ao seu enlace com a cunhada, Herodíade, esposa de Filipe, e o prendera depois que ele dissera: "Não é lícito tomar a esposa de seu irmão." A mulher, que há tempos vinha difamando o nome de João, passara a insultar o próprio Herodes, por não ter coragem para punir o pregador. Tanto fez, que o monarca mandou metê-lo no calabouço.

Isso não aplacou a fúria da rainha desonrada, que exigia a execução do prisioneiro. O rei, entretanto, vacilava, temeroso das conseqüências que poderiam advir desse ato extremo – sabe lá que poderes Deus dera a João Batista?

Nas comemorações do aniversário de Herodes Antipas, num banquete realizado na fortaleza de Maquerunte, diante da corte e dos altos oficiais, Salomé, filha de Herodíade e Filipe, dançou tão vivamente que ele a chamou para que se sentasse no lugar de honra. E disse:

– Pede e eu te darei. – Ao que a jovem respondeu que o rei lançava palavras ao vento, promessas vãs.

Herodes, então, jurou:

– Darei o que quiseres, ainda que seja a metade do meu reino.

O compromisso de um rei é como a quilha de um navio que ele constrói para sua alma. Os votos que profere o fortalecem e, se quebrá-los, ele se tornará maldito, desonrando as próprias façanhas e tudo quanto os servos de sua casa possam obrar.

Assim, quando Salomé disse à mãe que o rei havia prometido, Herodíade foi taxativa:

– Pede a cabeça de João Batista.

Herodes Antipas honrou sua palavra. Atendendo às ordens do soberano, um carrasco decapitou o profeta e levou sua cabeça à sala do banquete, onde Herodes a depositou aos pés de Salomé. Atribuiu-se a ela o gesto de bailar diante dos convivas carregando os despojos numa bandeja de prata.

Às vezes, a insônia me atormentava. Sozinho, em minha caverna, buscava conforto no pensamento de que Deus estava perto, ao passo que Herodes Antipas permanecia no seu palácio, bem longe.

Na escuridão, eu chorei. João tivera um fim horrível. Se dele, que nunca bebia vinho, diziam ser possuído, o que mais falariam de mim? "Bêbado e glutão – demônio igual a Belzebu", diriam, com certeza. Muitos sequer dariam ouvidos aos apóstolos.

27

Chegou o dia em que retornaram. Vinham esgotados, falando de suas tentativas infrutíferas de curar e perguntando com insistência:

– Por que não conseguimos expulsar os demônios? Aquele que crê não pode tudo?

Disse-lhes que, mesmo rezando para aperfeiçoar a fé, uma porção de nós permanece incrédula:

– Certa vez, perguntei a um homem se ele era capaz de acreditar, e ele me respondeu: "Senhor, eu creio. Ajuda-me em minha descrença." Isso é sabedoria!

A história não os livrou da tristeza e da depressão. Eles haviam falhado em curar a doença.

Resolvi embarcar novamente com eles, aventurando-me no Mar da Galiléia. Levi era mestre em arrumar barcos, pois conhecia os proprietários, sempre dispostos a agradá-lo e, quem sabe, obter algum benefício na aferição dos impostos. Pensamos em sair discretamente, mas algumas pessoas nos viram na faina de preparar a embarcação e vieram atrás de nós, correndo pela praia; ao desembarcarmos, dirigimo-nos a uma montanha, com aquela turma em nosso encalço.

Exaurido pela falta de sono, eu me sentia cheio de compaixão e pronto para pregar. Tinha pleno conhecimento de todos os erros que havia cometido. Os apóstolos comportavam-se como um rebanho de ovelhas sem pastor; pois eu despertara neles uma esperança intensa de que poderiam curar. Mas eles não amavam meu Pai o bastante. Devia ter adivinhado. Em verdade, eu não tinha Nele a mesma fé que exigia dos homens que me seguiam. Era necessário afastar todas as incertezas e provar aos que me ouviam que O amava. Assim, apesar de abatido com a perda de João Batista, ministrei os ensinamentos do Senhor durante a maior parte do dia.

Mais tarde, aqueles que se tornariam os evangelistas, especialmente Mateus, escreveriam sobre o Sermão da Montanha, atribuindo-me frases tão contraditórias, no contexto de um discurso tão abundante, que só se eu falasse com duas bocas e por um dia e uma noite, sem parar. Só posso contar o que sei – que pretendi transmitir a todos eles o meu conhecimento de Deus.

Eu começava a perceber a magnitude da tarefa que me cabia – levar sozinho a mensagem do Altíssimo era impossível. A oposição seria tremenda, exigindo um exército de seguidores. Se cada um dos meus 12 apóstolos fosse capaz de encontrar outros 12 discípulos, que por sua vez tratassem de trazer mais 12, quem sabe esse exército chegaria a existir, um dia. Por isso enviei-os, novamente, à cata de seus próprios adeptos.

Porém, grandes exércitos fomentam discórdias. A fé, simples para alguns, logo se converteria num labirinto para o Filho do Homem. A cada curva eu me perderia, ignorando se me aproximava da luz ou das trevas. Talvez, por ainda manter uma fé bastante singela, pude falar com tamanha convicção e ardor sobre as obras de meu Pai. Sentia-me, de fato, confiante na Sua capacidade de amar e perdoar os que viessem a Ele. Assim, procurei substituir em seus corações a adoração às minhas curas pelo amor a Deus. E a montanha repercutiu minhas palavras.

— Bem-aventurados os pobres de espírito, pois deles é o Reino dos Céus. Bem-aventurados os que choram, pois serão confortados. Bem-aventurados os humildes, pois herdarão a terra. — E eu realmente acreditava nisso.

— Bem-aventurados os que têm fome e sede de justiça, pois serão saciados. E bem-aventurados os misericordiosos; esses obterão piedade. Bem-aventurados os puros de coração, pois verão a face de Deus.

A esperança emanava de todos os que ouviam, crescendo de forma tão evidente quanto a multidão, cada vez mais numerosa e densa, sob o brilho tênue da aurora. Então eu falei de luz, e disse:

— Vocês são a luz do mundo. A cidade construída na colina não pode ser ocultada. Nem os homens acendem velas para colocá-las debaixo de vasos, mas em castiçais, a fim de que iluminem toda a casa.

Palavras indesejáveis, ou difíceis de aceitar, também eram necessárias. O desejo de vingança habita em todas as almas, inclusive na minha. Precisava induzi-los ao amor de Deus a partir de minha própria maneira de amá-Lo.

Deviam acreditar Nele tal como eu. O que lhes disse, então, deve ter parecido intolerável:

— Se lhes golpearem a face direita, apresentem a esquerda, e a quem quiser discutir sobre o manto que vestem, dêem-no de bom grado. — Era sensível o desespero com que procuravam entender isso e crer nas minhas palavras. Prossegui: — Ouviram dizer que é preciso amar o próximo e odiar o inimigo. Mas devem amar inclusive os inimigos. Bendigam aquele que lhes amaldiçoa. Façam o bem aos que lhes odeiam. Orem pelos que lhes perseguem. Então, e somente então, se tornarão filhos de Deus. Pois Ele faz o sol nascer sobre os maus e os bons, e envia a chuva sobre os justos e os pecadores. Se amarem apenas aqueles que os amam, que recompensa poderão esperar? Sejam perfeitos, portanto, assim como seu pai no Reino dos Céus.

E eu sabia que eles, como eu, desejavam muito acreditar nisso. Por isso falei da generosidade do Senhor:

— Não devem se preocupar com a comida ou a bebida, ou com as vestes, pois a vida e o corpo são mais do que a carne e o traje. Os pássaros que voam não semeiam nem colhem, e Deus os alimenta. Olhem os lírios do campo, que não fiam nem tecem, e, no entanto, nem Salomão, no auge de sua glória, nunca se vestiu como um deles. Seu Pai divino sabe muito bem do que precisam. Busquem primeiro o Reino de Deus e Sua justiça, e tudo o mais lhes será concedido. O dia seguinte não importa; de um jeito ou de outro, o amanhã chegará.

Propus que rezássemos juntos, e ao escutar suas vozes, repetindo minhas palavras, senti a força de um Leviatã, erguido das profundezas:

Pai nosso, que estais no céu,
Santificado seja o Vosso nome,
Venha a nós o Vosso Reino
E seja feita a Vossa vontade
Assim na terra como no céu.
O pão nosso de cada dia dai-nos hoje
E perdoai nossas ofensas,
Como perdoamos os que nos têm ofendido.
Não nos deixeis cair em tentação,
Mas afastai-nos de todo o mal.
Posto que é Vosso o Reino, o Poder e a Glória para sempre.
Amém.

Repeti "Amém" muitas vezes, enquanto descíamos da montanha. O dia passara, era tarde. Os discípulos acharam conveniente mandar o povo embora:

— Eles devem retornar às suas aldeias e comprar pão, pois não há nenhum alimento neste deserto.

Mas isso estava fora de minhas cogitações. Aquela gente caminhara sobre pedras afiadas a fim de se juntar a mim e me dera toda a sua atenção. Com a mão do Senhor no meu cotovelo, ordenei:

— Dêem a eles o que comer.

— É você quem deve providenciar isso – disseram os discípulos. – Pois você não falou que não devíamos pensar na comida e na bebida?

Em verdade, eu o dissera.

— O que temos? – perguntei.

Contaram, e havia cinco pães de cevada e dois peixes secos. Assim, orientei-os para que fizessem o povo sentar na relva, como se estivessem em torno de uma mesa, e tomando aquelas porções, dividi-as em cerca de cem pequeninos fragmentos de pão e duas vezes duzentos de pequenos pedaços de peixe, e fui em frente, até dispor de quinhentos bocados, que saciaram a todos. Suas mentes aumentaram os pedacinhos (tal como em Caná, certa vez, eu me satisfizera com apenas uma uva), assim eu sabia que poucos entre essas centenas diriam não ter recebido o suficiente. E isso foi mais triunfo do Espírito que multiplicação da matéria. O que para o Senhor é pouco, considerando que Ele fez o céu e a terra do nada e poderia muito bem transformar nossos cinco pães em quinhentos.

Mais tarde, a história foi muito exagerada por Marcos, Mateus e Lucas. Nenhum anjo apareceu no céu, muito menos jorrou o maná que Deus entregara a Moisés. Mas tamanho era o poder da bênção do Senhor que os apóstolos ficaram satisfeitos. Senti-me de novo um aprendiz de carpinteiro, num grupo de amigos, percorrendo um campo verdejante, em vez de caminhar sobre as pedras daquela praia inóspita. Comemos com muita alegria – como se fosse um verdadeiro festim. Talvez por isso Marcos tenha se referido a nada menos do que cinco mil pães e outros tantos peixes, sobrecarregando meus discípulos com uma sobra de doze cestas. Em verdade, não sobrou coisa alguma.

O exagero é típico do Diabo e ninguém está livre de Satã, nem mesmo o Filho de Deus (e certamente não Mateus, Marcos, Lucas ou João). Sabia que os números seriam aumentados, embora suspeitasse que meu Pai preferisse que os milagres atendessem às necessidades, tão-somente isso. O desperdício existe em toda parte, mas na realização de prodígios convém evitar extravagâncias. Pensando desse modo, acreditava compreender meu Pai.

Mas compreendê-Lo não era minha função. Alguns dos meus milagres seriam realmente extraordinários. Pouco depois, remamos para Betsaida, no extremo norte do Mar da

Galiléia, e à tardinha, desembarcamos; disse aos apóstolos que dormissem no barco, pois eu prosseguiria sozinho pelo litoral. Queria meditar sobre os eventos daquele dia tão belo.

Já perto da noite, desencadeou-se um temporal. Da praia, podia ver nossa embarcação batida pelos vagalhões, e mergulhei, nadando em sua direção. De repente, percebi que estava de pé! Caminhando por cima das ondas! O Senhor ria-se do meu prazer em fazer aquilo, zombando de mim. Não demorara muito para que eu deixasse de considerar estranho qualquer de Seus milagres. Esquecera-se de como, no Livro de Jó, nosso Senhor narra como Deus pisou o dorso do mar. Eu, caminhando sobre as águas, pensava em meu Pai "entrando nas fendas do mar", "caminhando em busca da profundeza". Quando jovem eu lera essas palavras muitas vezes, e agora as ondas sob meus pés formavam um caminho. E agora eu sabia a extensão de Seu poder. Ele vivera antes que existisse o dia e se formassem os oceanos e as terras. Ele trouxera a minha semente do leste e Ele me apanhara no oeste e Ele controlava o caos. Eu estava feliz com essa visão e não queria que esse júbilo acabasse. Eu pretendia caminhar até o barco de meus discípulos, mas parei ao vê-los. E eles estavam assustados. Quem poderia estar ao lado deles? Ouvi muitos gritos. Um dizia: "É um fantasma!" E eu repliquei:

— Tenham coragem. Sou eu. Eu sou. — O que significava dizer que eu não era um fantasma. E acrescentei. — Não tenham medo.

Ao que Pedro, então, replicou:

— Senhor, se é você, mande que eu vá até onde está.

— Venha — disse-lhe.

Ele deu um passo para fora do barco, e ambos pensamos que ele poderia andar. Mas o vento estava forte e ele afundou.

– Salve-me, Senhor! – gritou.

Estendi a mão e o agarrei pelo pulso, mas sem deixar de repreendê-lo:

– Homem de pouca fé, por que duvidou? – Só então me dei conta do quanto Pedro queria ser leal, embora estivesse fadado a me falhar um dia. Porque sua fé estava na sua boca, não em suas pernas. Nunca são os sentimentos, mas os atos dos homens que revelam a presença do Senhor. E é justo que assim o seja! Pois o Diabo, mestre da oratória, costuma proferir frases gloriosas, dignas do Senhor, e atingir os corações, se bem que com palavras fraudulentas.

Quando Pedro e eu voltamos ao barco, os discípulos perguntaram:

– É o Filho do Altíssimo?

Já o haviam perguntado várias vezes, e a cada vez eu percebi em suas vozes algo que me dizia que eles estavam prontos para acreditar, mas que ainda não conseguiam. A cada dia eles chegavam mais perto, mas não completamente. Ante um júbilo – e eu sentia grande felicidade por ter estado tão perto de meu Pai –, seus corações endureciam. Porque eles não podiam partilhar minha glória.

28

Depois de uma noite inteira no mar, desembarcamos na terra de Genesaré onde, mais uma vez, as multidões nos esperavam. Em cada aldeia, encontrávamos os aflitos deitados na rua, aguardando nossa chegada.

Ao meio-dia, estava exausto, fraco; as vestes impregnadas de súplicas. Na sinagoga, vindos de Jerusalém, havia fariseus e escribas, desejosos de se manifestar.

Disseram-me que viram meus discípulos comerem pão com as mãos sujas. Ora, recolhendo impostos, nas praças das aldeias, os publicanos passam o dia manuseando moedas e a noite em jogatinas: suas mãos vivem imundas. Os fariseus, ao contrário, de volta do mercado para casa, não comem sem se lavar.

No entanto, não se pode dar crédito aos pios, que jamais se satisfazem, nem mesmo com a mais estrita observância da lei. De fato, como se pode obedecer às leis de maneira absoluta? Elas foram escritas pelos mais devotos – e os menos devotos estão fadados a quebrá-las, ainda que por uma ninharia. Nunca se acerta. Assim, diante dos fariseus e falando como médico, eu disse:

– Deixem ouvir os que têm ouvidos. O mal é o que sai da boca do homem.

Responderam-me com um murmúrio triste e quase inaudível. Eu ousara referir-me à impureza natural do homem – que, enquanto vive, polui – dentro da sinagoga, maculando o altar com minhas palavras.

Mas os apóstolos também estavam presentes, e não me calei:

– O que vem de fora não atravessa o coração; vai direto ao ventre, saindo pelo dreno. – E, baixando a voz: – A sujeira das mãos é nada. – E em voz alta, de novo: – É do coração dos homens que saem maus pensamentos, fornicações, adultérios, cobiça, roubos, assassinatos, perversidade, logro, blasfêmia, orgulho, olho-grande.

Minha indignação crescia, atingindo o paroxismo da fúria, a ponto de me tirar o fôlego. Desconhecendo o peso de seus próprios pecados, aqueles fariseus pretendiam admoestar quem não lavava as mãos. Temiam o mal exterior – o pó das estradas e a lama dos campos! –, cuja menor partícula era bastante para desequilibrar a ordem interna. Segundo sua visão mesquinha, isso equivalia a um mar de pecado. E, no entanto, nenhum deles estaria disposto a sacrificar tudo o que tinha por amor a Deus.

Afinal, deixei a sinagoga, e antes da noite já curara um surdo-mudo. Foi suficiente pousar os dedos em seus ouvidos, enquanto ele cuspia; depois, tocar-lhe a língua, fazendo com que olhasse para o céu e suspirasse. E dizer: "Abre-te" – e ele escutou e falou. Sorri, pensando que os fariseus teriam que dizer (e num discurso mais elevado): "Ele não obedeceu à lei de se limpar, mas fez o surdo ouvir e o mudo falar."

De outra vez, num ermo em que pretendia descansar mas aonde a multidão me seguiu, novamente faltou comida, e dividi os sete pães que havia, dando-os aos discípulos, que os passaram adiante, fila por fila, coluna por coluna, e todos ficaram satisfeitos.

Mas já iam longe aquelas horas, na montanha, quando eu falara ao povo, não com palavras que Deus tivesse colocado na minha boca, mas do meu próprio jeito, declarando meu amor a Ele. A vida se transformara, de novo, num acervo de deveres.

– Quem sabe, por isso, eu pensava tanto em Moisés. Ele fora obrigado a ouvir as lamentações dos filhos de Israel, chorando no deserto. Seus seguidores tinham-lhe dito: "Quem nos alimentará? No Egito, o peixe era abundante, e comíamos pepinos, melões, alho-poró, cebolas e alhos. Agora, porém, nossa alma está ressequida.

O maná enviado não os agradara – eles o socaram e o puseram para cozinhar, em fornos, achando-o com gosto de óleo de coentro. Na porta de cada tenda havia um macambúzio. Também desgostoso, Moisés disse ao Senhor:

– Qual a razão de terdes colocado esse fardo sobre mim? Não fui eu que gerei essas pessoas: não consigo suportá-las.

E Moisés pediu a Deus que o deixasse morrer, já que sua vida era miserável.

O Senhor, porém, respondeu:

– Eles comerão até botar comida pelo nariz, por mais repulsa que isso lhe cause.

Eu entendia perfeitamente a causa da exaustão de Moisés. Fadiga de espírito é como torção das pernas: dores novas se somam às velhas.

Um dia, na estrada para Betsaida, deparei com um cego, que me aguardava no portão; e o tomei pela mão, conduzindo-o até os limites da cidade, para que ninguém testemunhasse a cura.

Cuspi nos seus olhos e pus as mãos sujas sobre eles, e perguntei o que via.

Ele me olhou e disse:

– Vejo homens semelhantes a árvores que andam.

– É porque, tal como as árvores, os homens carregam o fruto do bem e do mal – repliquei.

Depois disso, voltei a colocar minhas mãos nos seus olhos e de pronto ele recuperou a visão. Mandei-o de volta para casa, recomendando que não contasse nada a ninguém (inutilmente, claro). Quanto tempo eu agüentaria aquele ritmo? Será que Deus me sobrecarregava em virtude de estar se sentindo, Ele próprio, excessivamente cansado? Para falar a verdade, não cheguei a pensar nisso seriamente.

Às vezes, acordava sem saber quem eu era. Um dia, cruzando a cidade de Cesaréia Filipos, perguntei a meus discípulos:

– Dizem que sou quem?

Responderam que, para uns, eu era João Batista, para outros, Elias. E outros, ainda, supunham que eu fosse um dos antigos profetas.

A pergunta que martelava meu coração, e eu a fiz, era:

– E vós dizeis que sou quem?

E Pedro – lembrando-se, talvez, de como eu caminhara sobre as águas – perguntou gentilmente:

– Podemos dizer que é o Cristo?

Na minha condição humana, sentia-me capaz de amar Pedro pela força de sua convicção. Agora eu estava mais seguro que devia ser o Filho de Deus. Mas como ter certeza disso se ninguém me reconhecia?

29

Eu começava a compreender que talvez fosse necessário penetrar nas trevas que existem por baixo do brilho das almas, e os apóstolos deviam estar informados a respeito dessa verdade. Contei a eles sobre um sonho que tive ao longo de toda a semana, no qual o Filho do Homem caminhava pelas ruas de Jerusalém, sem ser reconhecido pelo Sumo Sacerdote, e acabava crucificado.

Reagiram tranqüilamente, afirmando:

– Mestre, você viverá para sempre. E nós com você.

Isso me deu a medida exata de como a escuridão está perto da exaltação. Eles amavam o poder que eu tinha de operar milagres, dando muito menos importância aos meus ensinamentos acerca do amor ao próximo. Queriam pregar como eu, mas não por amor, e sim para aumentar seus próprios poderes. Censurei-os, dizendo:

– Vocês não se interessam pelo que é de Deus, mas pelo que é dos homens.

E no silêncio que se seguiu o sonho retornou.

– Se eu morrer, voltarei após três dias – disse, mas sem convicção.

Encarei-os firmemente, a fim de saber se suas almas estavam abertas, pois aquele era o momento de operar o milagre da fé, mas só constatei a aflição de suas almas. Eu era a angústia que fala da preocupação com o próximo. Pretendera guiá-los no rumo da fé, mas percebera que eu mesmo não estava motivado pelo amor, apenas buscava o poder de convencê-los. Sendo assim, suspirei, e eles suspiraram, como se estivéssemos próximos da verdade, ainda que cientes da sua distância.

Não muito tempo depois, numa tentativa de maior aproximação, levei Pedro, Tiago e João, com os quais iniciara meu ministério, para o alto de uma montanha, onde ficamos sozinhos. Uma nuvem nos seguiu, tal como acontecera a Moisés, quando ele ergueu seu tabernáculo no Monte Sinai. Naquele tempo, os filhos de Israel vagavam pelo deserto, armando suas tendas para descansar nos lugares em que a nuvem interrompia seu curso, retomando a caminhada quando ela se movia de novo.

Portanto, ali estávamos nós, repousando sob uma nuvem, e Pedro disse:

– Mestre, vamos erigir três altares: um para o Senhor, outro para Moisés e um terceiro para Elias.

E assim foi feito. A nuvem sobre nós não se moveu, obscurecendo a luz do sol, mas minhas vestes brilhavam tanto quanto devem brilhar os espíritos dos justos. Elias surgiu de pé, bem ao meu lado, e, não muito longe de mim, Moisés. Perguntei aos meus três apóstolos o que eles viam, e Pedro respondeu:

— Nada, Senhor, quem vê Deus certamente morrerá.

No mesmo instante, uma chama subiu do primeiro tabernáculo e Pedro murmurou:

— O Senhor é o Cristo.

Sacudi a cabeça. Até aquele momento eu ainda não tinha certeza. Mais uma vez, narrei o sonho da jornada a Jerusalém, onde morreria. Mas como o Filho do Senhor poderia morrer em Jerusalém?

Rejeitando meu pressentimento, Pedro implorou:

— Senhor, afaste isso de si.

Mas o Demônio, que podia aparecer como um anjo de luz, não assumiria as formas do apóstolo? Assim, eu disse:

— Vai-te, Satanás.

Seus olhos encheram-se de lágrimas e eu senti a urgência de me acercar dos apóstolos, principalmente de Pedro, que desconhecia a beleza de sua própria alma. Tais pensamentos fizeram crescer em mim o poder de Deus, amenizando o medo causado pelo sonho.

Mas isso não duraria muito tempo. No caminho de volta, montanha abaixo, os três vieram discutindo qual deles se tornaria maior do que os demais. Talvez, afinal, tenham acreditado no sonho e cogitavam quem ocuparia meu lugar. Não pronunciei uma única palavra, até voltarmos a Cafarnaum. Lá, reuni meus 12 apóstolos e disse:

— Se há entre vocês alguém que deseje ser o primeiro, saiba que será o último.

E como se eu tivesse convocado um bom exemplo, a fim de provar o que acabara de dizer, um jovem veio a nós, ajoelhou-se a meus pés e perguntou:

— Mestre, o que é preciso fazer para ganhar a vida eterna? Tenho observado os Mandamentos desde a infância.

Seus olhos refletiam a vontade de agradar, e respondi, dirigindo-me também aos apóstolos:

– Venda todos os seus bens e dê aos pobres, e será recompensado com tesouros celestiais.

A fisionomia do rapaz entristeceu-se; ele confessou ter muitas posses e relutava em perdê-las. Então, eu disse:

– São muitos os filhos e filhas de Abraão que vivem na miséria, morrendo de fome. Sua casa está bem fornida. Quanto lhes dá?

Depois que o moço partiu, observei aos meus discípulos:

– É mais fácil um camelo passar pelo buraco de uma agulha do que um rico entrar no Reino dos Céus!

Atônitos, eles se perguntavam uns aos outros:

– Então, quem pode ser salvo?

Mais recuado, um deles murmurou:

– Por que tanta preocupação com a opulência? Deus enriquece aquele em quem confia.

Outro repetiu:

– Se não os ricos, quem será salvo?

Então eu disse:

– Ninguém que viva contando dinheiro.

Mas Pedro lembraria:

– Até hoje, não fizemos restrições, permitimos que todos o sigam.

Em verdade, precisava reconhecer que os apóstolos eram apenas homens, cheios de pequenas paixões, idênticos aos demais. Mas aquela disputa pela primazia me enchera de raiva.

– Perdoem os nossos débitos como perdoamos os nossos devedores – eu lhes disse. Entretanto, não perceberam o meu sarcasmo. Gostaram da frase. Era isso, afinal, o que mais desejavam – serem perdoados de suas dívidas? Evidentemente, não perdoariam nada do que lhes fosse devido.

Tentara organizar um exército de homens cujas almas fossem tão puras que não precisassem de espadas. Em vez disso, reuni uns poucos discípulos que discutiam entre si sobre quem deveria sentar-se à minha direita e quem seria o primeiro quando eu partisse. Tantos milagres para tão pouco ganho.

Conhecia cada um deles pelo olhar, que refletia suas alterações de espírito, e sabia que o desenvolvimento vinha lhes consumindo a fé. Quem sabe a grande ira de meu Pai advirá da descoberta de que seu povo escolhido poderia ser mais leal a Satã que a Ele.

Naquela noite, sonhei com um anjo que me dizia:

– Foi por amor ao mundo que Deus enviou Seu único Filho. Os que acreditarem alcançarão a vida eterna, pois sua missão é salvá-los.

Eu torcia para que isso fosse verdade! Pois, então, eu seria a luz, embora os homens dessem mostras de preferir as trevas. Despertei confuso, sem saber, afinal, qual o sentido da minha missão: salvar o mundo ou ser condenado por ele. Noite após noite, os sonhos se sucediam, e neles minha própria voz ordenava que deixasse aquela terra de pessoas que me adoravam, seguindo para Jerusalém, onde encontraria um povo cheio de soberba. Devia pregar no Grande Templo, mesmo que agindo assim meus dias estivessem contados.

Pensei em Herodes, que quisera me matar. Que criatura sanguinária é o homem. A cólera de meus inimigos aquecia como o fogo do inferno.

Enfim, sabia que devia guiar os apóstolos até o Templo de Jerusalém e sofrer o que me fora destinado. E devia fazê-lo o mais rápido possível, desconsiderando a proximidade da Páscoa dos hebreus – a pior ocasião, com certeza –, que atrairia gente de toda a Judéia e da Galiléia. Todos os judeus sabiam que a festa era em memória de nossa fuga do Egito. Antes de chegarmos à terra prometida, vagáramos pelo deserto durante quarenta dias. Lá, prosperamos, mas devido aos pecados que cometemos, caímos sob a dominação dos romanos. Ao longo dos anos, inúmeras revoltas eclodiram, justamente na época da Páscoa, a mais perigosa em Jerusalém. A memória das glórias passadas estava em todos nós.

30

Pronto para a viagem, vi-me obrigado a esperar na Galiléia, pois meus apóstolos não se entendiam sobre a hora da partida. Na manhã em que iniciaríamos a jornada, de repente, notamos a ausência de Levi. Sabíamos que estivera tomando vinho em más companhias, e os discípulos, furiosos, resolveram partir sem ele:

– Seremos 11 em vez de 12 – disseram.

Recusei-me:

– Se um pastor que tem cem ovelhas perde uma delas, ele não irá procurá-la? E se a encontra perdida na montanha e a traz de volta, não se alegrará mais do que pelas 99?

Pedro replicou:

– Senhor, quando era garoto vivia com meu tio, que era pastor, e também aprendi esse ofício. Não tínhamos o hábito de perseguir ovelhas desgarradas, procurando, sim, guardar as boas.

Respondi dizendo que o Filho do Homem viera ao mundo para salvar o que está perdido, e ao pronunciar tais palavras pude ouvir um suspiro de Deus. Por mil anos Ele guardara os filhos de Israel, e tantos se haviam perdido...

Levi retornou bem tarde, atormentado. Quem bebe ao longo do dia é porque teme o ódio de seus semelhantes, pois o álcool funciona como escudo. Estaria ele consciente da fúria que nos aguardava em Jerusalém?

Naquela noite, preguei durante um longo tempo, talvez para apaziguar minha própria inquietação. Em verdade, insisti nos meus ensinamentos mesmo quando vi a luz abandonar os olhos dos apóstolos. Eles já tinham escutado minhas palavras antes, mas diante de tantos rostos novos, preferi contar uma parábola. Aprendera que todas as criaturas orgulhavam-se muito do Senhor, detestando, porém, o jugo dos pregadores. A resolução do enigma enchia as almas de fé.

Assim, disse a eles que o Reino dos Céus era como o agricultor que plantava uma semente boa e, à noite, enquanto dormia, vinha alguém que o detestava, plantando por cima uma semente ruim, de tal sorte que o joio nascia junto com o trigo. Um dos ouvintes perguntou:

— Os servos do lavrador devem arrancar as ervas daninhas?

— Não – respondi –, pois se o fizerem arrancarão o trigo também. Ambas as sementes crescerão lado a lado, até a colheita. Então, e somente então, deve-se queimar o que não presta, levando o grão saudável para dentro de casa.

No entanto, eu tinha minhas suspeitas acerca dos anjos do Senhor: será que eles saberiam realmente separar o bem e o mal? Nas longas caminhadas que realizara pelas cidades em torno do Mar da Galiléia aprendera muito sobre a astúcia dos homens, principalmente a dos sacerdotes. Junto ao portão do Céu, quem sabe, talvez existisse algo semelhante à alfândega, e não seria impossível burlar a vigilância.

Várias vezes ensinara aos discípulos que importava menos ser alto ou baixo, gordo ou magro, forte ou fraco, feio ou bonito, posto que todos os entes humanos eram igualmente gulosos.

Assim, não me espantei quando Pedro perguntou, dizendo ter abandonado tudo para me seguir:

– O que teremos em troca?

Respondi com outra parábola, especialmente destinada a ele. Um homem contratou trabalhadores, prometendo pagar-lhe um denário por dia, e os enviou ao seu vinhedo. Na terceira hora, contratou outra turma, e depois mais duas, na sexta e na nona horas. No fim do dia, chamou o capataz da fazenda e ordenou: "Pague a todos igualmente." Ora, supondo que os últimos deviam receber menos, os primeiros reclamaram. Mas o dono da casa lhes disse: "Não aceitaram trabalhar por um denário? Peguem o que é seu e vão. No que me diz respeito, os últimos serão como os primeiros e os primeiros tal como os últimos."

Extasiado com o poder de minha voz, falei com tamanha firmeza que o Senhor sussurrou: "Basta! Teu discurso contém o germe da discórdia. Quando não estás Comigo, o Diabo te faz companhia." Foi o mesmo que enfiar um espinho na minha testa. De que modo eu poderia identificar as vozes que ouvia? Mas entendi que o Filho de Deus não era um Príncipe Celestial, e que precisava aprender a falar sabiamente e da maneira mais simples, em vez de confundir os outros com o brilho das minhas palavras. Difícil seria distinguir quando o Senhor falava por meu intermédio e quando não.

Enquanto esperávamos, lutando para manter nossos espíritos resolutos, minhas dúvidas se acumulavam. Trabalhara incansavelmente e de vários modos, a fim de alcançar os corações de meus compatriotas judeus, homens bons, pilares da comunidade, mas muitos deles haviam preferido ignorar minha existência.

Foi num desses momentos de maior descrença que perguntei a Judas:

— Por que não se juntam a nós em maior número? Como podem desdenhar o Reino dos Céus?

Como se tivesse a resposta na ponta da língua, ele disse:

— Porque você não os entende. Fala sobre o fim do mundo, mas um mercador, ou um agiota, não quer saber disso, sente-se bem com seus ganhos mesquinhos e só pensa nas perdas de cada dia. A casa onde mora é pouco mais limpa ou pouco mais vil do que se supõe, e nela ele vive para o jogo do acaso. Longe disso, até poderia ser piedoso, mas mesmo pressentindo que o Senhor jamais aprovaria sua atividade, ainda assim cuida de desfrutar a vida, na medida em que ela se resume a um jogo bem pouco sério, afora as questões de dinheiro. O ouro é o cerne da filosofia de tais pessoas, que gostam de pensar na salvação, mas não de agir em função dela. Aceitariam suas palavras desde que não pedisse demais, mas você exige que se desfaçam de tudo, e isso os ofende profundamente. Quer que o mundo termine para que possamos viver na glória, todos nós. O mercador tem uma visão diferente. Um pouco disso, um pouco daquilo, e o Altíssimo será reverenciado... a grande distância, evidentemente.

— Parece concordar com eles – ponderei.

— Em meus pensamentos, freqüentemente estou mais próximo deles do que de você.

— Então por que permanece ao meu lado?

— Porque diz muitas coisas que falam ao meu coração mais diretamente do que tudo aquilo que testemunhei nos jogos deles. Criado entre eles, sei o que existe em seus corações, e os detesto, porque se consideram bons, extremamente caritativos, cheios de fé e piedade. Eu os desprezo, pois não apenas aceitam a grande distância que os separa dos pobres, mas procuram torná-la ainda maior.

— Então está comigo?

— Sim.

— Porque digo que será impossível alcançar o Reino dos Céus enquanto houver ricos e pobres?

— Sim.

— No entanto, parece pouco interessado em ingressar nele.

— Deus me impressiona, mas não tenho fé.

— Mas você está comigo. Qual a razão?

— Pode suportar a verdade?

— Nada sou sem ela.

— A verdade, caro Yeshua, é que não acredito que nos trará qualquer salvação. Mas falando o que fala, talvez encoraje os pobres a se sentirem mais iguais aos ricos. Isso me alegra.

— Só isso?

— Odeio os ricos. Eles nos envenenam com sua futilidade, destroem as esperanças dos que subjugam, mentem para os humildes.

Responder o quê? Em verdade, estava contente, certo de que ele trabalharia por mim, e trabalharia duro, no sentido da salvação. Imaginava o sorriso de descrença jubilosa que sua face estamparia quando atravessássemos juntos os portões do Reino dos Céus. Só então ele se daria conta do quanto eu falara em nome de meu Pai.

Eu amava Judas e, naquele instante, amei-o ainda mais do que a Pedro. Se todos os discípulos ousassem ser tão sinceros como ele, isso aumentaria minha força e capacidade de realização.

— E se por alguma razão insignificante eu deixasse os pobres de lado — perguntei –, você me daria menos valor?

– Voltar-me-ia contra você. Quem abandona os pobres por pouco, mais rápido se afastará deles por muito.

Admirável esse homem, que nada sabia da glória que eu conhecera. No entanto, suas convicções eram tão poderosas quanto as minhas, e superiores, sem dúvida, à petrificada fé de Pedro, que bem podia ser quebrada no choque com outra pedra maior.

Claro, havia a possibilidade de surgir problemas entre nós. Pois ele não possuía a serenidade que meu Pai colocara em meu coração, tornando-me apto a suportar as provações que logo adviriam, sem que pudéssemos antecipá-las.

De um jeito ou de outro, a conversa com Judas foi magnífica para encerrar a confusão. Estávamos prontos para partir para Jerusalém, e mal podia acreditar nisso; fazia uma manhã excelente, e nos sentíamos tocados pela felicidade. Libertadas da escravidão do medo, nossas pernas conheceram uma alegria especial.

Partimos, afinal. Caminhando, muitos começaram a crer que em dois dias, quando chegássemos perto de Jerusalém, o Senhor estaria entre nós e nos abriria as portas do Paraíso.

31

A discussão com Judas deve ter me abalado mais do que eu pensava, pois já na estrada fiquei febril. Não parei de andar, mas minhas pernas doíam. À noite, não tive descanso que fosse sem dor. E o mesmo aconteceu na segunda manhã.

A um dia inteiro de marcha do nosso destino, passamos por Jericó, onde um homem abastado chamado Zaqueu quis nos dar as boas-vindas. De baixa estatura, no meio da multidão, subiu num sicômoro para que pudéssemos vê-lo.

Eu disse:

— Desce, Zaqueu. Hoje à noite estarei em tua casa.

Recebeu-me alegremente. Alguns alegaram que não seria adequado que eu me hospedasse na residência do publicano mais rico da cidade. Mas Zaqueu garantiu:

— Senhor, agora que eu o conheci, darei metade do que possuo aos pobres.

Isso me pareceu um bom augúrio: se a fé de um homem rico o fazia doar metade de sua fortuna, então, os muros de Jerusalém não seriam obstáculo para mim. Dormi bem naquela segunda noite.

Na manhã seguinte, ao partirmos, duas irmãs de Lázaro apareceram correndo. Vimo-nos em Cafarnaum, certa vez, e jantamos juntos: ele era um bom homem. Maria e Marta – assim se chamavam as mulheres – tinham vindo de sua casa, em Betânia, ao meu encontro, e disseram:

— Senhor, nosso Lázaro está enfermo.

Pelo modo como isso foi dito, soube imediatamente que se tratava de uma doença grave e que ele corria risco de vida. Elas choravam.

Como se fôssemos – Lázaro e eu – irmãos na doença, minha febre voltou e a noite de repouso se perdeu. Ficaria mais 48 horas na casa de Zaqueu e, ao despertar na quinta manhã desde nossa partida da Galiléia, estava bem fisicamente, mas muito aflito, pois Lázaro morrera.

Tomé, um dos apóstolos mais modestos, habituado a dizer em murmúrios o que os outros pensavam, disse em voz alta:

— Vamos a Jerusalém morrer com ele.

Caminhamos um dia e uma noite inteira, até Betânia, onde Lázaro vivia numa casa, a uma hora a pé dos muros de Jerusalém. Perto, já era grande a aglomeração. Marta veio nos receber, e disse:

— Senhor, se tivesse chegado a tempo, meu irmão não teria morrido.

Prestes a concordar, repliquei:

— Seu irmão se levantará de novo.

Todos se juntaram a meus pés, olhando para mim e chorando, e então perguntei:

— Onde o colocaram?

— Venha e veja, Senhor – responderam.

Como podia eu saber se Deus me concederia o poder de devolvê-lo às irmãs, se ele estava morto há dois dias?

Diante da angústia expressa em meu semblante, muitos judeus, amigos do morto, comentaram: "Vejam como ele o amava!"

Conduziram-me a uma gruta assinalada com uma cruz, e mandei que removessem a pedra da entrada.

Marta observou:

— Senhor, quem ainda pode falar a esse corpo?

Entretanto, ao meu sinal, a pedra foi afastada. Ergui os olhos e gritei bem alto:

— Pai, deixai que Lázaro saia!

Depois calei-me, pois quando a alma abandona o corpo de um homem leva consigo tudo o que tinha de impuro; estava preparado, portanto, para sentir o odor da morte. Em verdade, perguntei a mim mesmo: "Como é possível levantar da tumba um homem oprimido pelos pecados que cometeu em vida?"

Mas o Senhor me ouviu e pude ver a face de Lázaro mexer-se.

Tornei a gritar:

– Venha, Lázaro!

E escutei sua resposta:

– Ó Yeshua, minhas orelhas estão cheias de pequenas criaturas para as quais não sou mestre, mas esfregão. É o que me dizem as larvas.

Rezei, implorando o fim dessa miséria, e Lázaro se ergueu do túmulo, saindo da caverna com passos vacilantes, mas andando na minha direção: a mortalha o atrapalhava. Sua face permanecia encoberta e alertei as irmãs:

– Livrem-no, mas não olhem para ele.

Então, na voz de um homem que habitara terras ignotas, Lázaro falou:

– As larvas me deixaram.

Foi como um pio de um pássaro, mas ele estava vivo, e todos recuaram maravilhados.

Sabia que quando Caifás, o Sumo Sacerdote do Grande Templo, se inteirasse do ocorrido certamente reuniria um conselho. Havia muitas testemunhas que poderiam relatar, inclusive, o fedor exalado pela gruta. Os fariseus diriam que eu era um demônio, e daí? Meu poder trouxera de volta à vida um morto já meio apodrecido.

Eu podia ouvir o Sumo Sacerdote: "Se deixarmos esse Jesus em paz, os judeus irão todos para junto dele. Os romanos vão supor que estamos preparando uma rebelião e, antes que os fatos se esclareçam, tomarão tudo o que temos." Sabia que Caifás ainda seria capaz de ir mais longe, argumentando: "Será que um homem não deve morrer para que todos os demais sobrevivam? É errado que ele morra por isso?"

Naquele dia, não fui a Jerusalém: dormi na casa de Lázaro. Ao acordar, antes de nos despedirmos, notei o quanto ele estava fraco e abatido. Perguntei:

– Tem fé?

E ele respondeu:

– Estou assustado com o que vi do outro lado, mas tento manter a fé. – Apoiando-se no meu braço, cochichou: – Um anjo veio a mim. Foi tudo muito suave.

– Não tema – disse eu. – O Senhor o favoreceu. – E orei para que isso fosse verdade.

32

A fim de tranqüilizar o povo, mandei dois de meus discípulos na frente, recomendando-lhes:

– Arranjem um burrico que nunca tenha sido montado por homem algum. Quando o encontrarem, tragam-no a mim. Digam que o Senhor precisa dele.

Eles se foram, e não demoraram para encontrar um cavalo jovem e vigoroso, e voltaram com ele. Galguei-o e segurei firmemente sua crina, temendo não poder dominar o animal, pois se tal acontecesse, como poderia acalmar o rugir dos corações dos homens que me aguardavam no Templo?

O potro não pulou muito, comportou-se bem, e seguimos em procissão. Gostei dele. Faminto, dirigi seu trote na direção de uma figueira, mas não encontrei nos seus galhos nenhum figo maduro. Algum mau vento estaria soprando contra nós? Amaldiçoei a figueira, dizendo:

– Ninguém mais provará seus frutos. – Imediatamente, senti o coração pesado, e murmurei comigo mesmo: "Sou o Filho de Deus, mas também sou homem, capaz de provocar a destruição, irresponsavelmente, a qualquer momento."

Em verdade, Satanás continuava colado a mim. Como um falcão que sobrevoa a campina à cata de uma presa e arremete para matá-la, da mesma forma eu castigara a árvore.

À minha frente, uma multidão de homens e mulheres arrancava os ramos das palmeiras, cobrindo com eles o caminho. Iam cantando: "Hosana nas alturas! Bendito seja aquele que vem em nome do Senhor. Bendito seja o reino do nosso Davi, que proclama o nome de Deus." Outros gritavam: "Bendito seja o rei que vem em nome do Senhor." Os habitantes de Jerusalém, cuja grande maioria jamais me vira antes, estavam cheios de boa vontade; muitos acenavam das janelas. Notícias acerca das nossas boas ações haviam-nos precedido.

Contudo, não conseguia esquecer a figueira. A essa altura, seus galhos já estariam nus. Isso me fez meditar sobre o fim da cidade de Tiro, que mil anos tivera seu esplendor e granjeara fama por suas riquezas – mesas de ébano, arcas de cedro, esmeraldas, coral, ágatas, linhos, púrpuras, mel e erva-cidreira. Um dia, o mar carregara tudo. Quem sabe, o mesmo poderia acontecer com Jerusalém.

Fitei intensamente os grandes prédios de altas colunas, sem saber se abrigavam um templo ou algum departamento do governo de Roma, e pensei: "Melhor um bom nome do que grandes riquezas." Tais palavras me soaram pias demais – uma reação ao luxo que vislumbrava ao redor –, então acrescentei: "A boca de uma mulher desconhecida é um poço profundo, e uma grande cidade é como uma mulher desconhecida."

Aquela cidade, entretanto, não podia ser desprezada. Nada se perdera da magnificência de Salomão, que em seu tempo fazia-se transportar num palanquim de cedro do Líbano, apoiado em pilares de prata, numa base de ouro, com uma almofada púrpura e braços esculpidos pelas filhas de Jerusalém. No entanto, dificilmente uma fração sequer dessa glória poderia ser compartilhada pelo meu povo.

Um nobre romano parou diante da procissão, observando as colunas que passavam pelas ruas em grupos de duas, três e quatro pessoas – centenas delas –, algumas bem trajadas, mas a maioria coberta por vestes simples ou trapos.

Também eu olhava aquela multidão que me pertencia. O povo de Jerusalém se juntava a nós, e eu via tantos rostos quantos são os aspectos do homem. Havia entre eles muito mais curiosos que crentes, além dos entediados, atormentados ou cínicos, que nos acompanhavam apenas para zombar dos fariseus e retribuir velhas ofensas.

Certas fisionomias ostentavam solenidade – nos olhos brilhantes transparecia uma vaga expectativa de que eu lhes ensinasse uma nova oração piedosa, que substituísse as antigas, transformadas em coisa insignificante pela repetição. As crianças eram as que mais se rejubilavam, olhando em todas as direções e rindo diante do prodígio da generosidade de Deus, estampado na face das pessoas.

Mas era o olhar dos pobres, profundamente triste e tantas vezes desapontado, que implorava por uma nova esperança. Dirigi-me a todos, bons e maus, igualmente, como se fossem um, já que em ocasiões assim podem ocorrer rápidas melhorias. Num homem perverso, tais alterações costumam ser mais aceleradas, dada a sua familiaridade com o pecado e o cansaço da luta que trava para negar o remorso.

O burrico, carregado de espíritos iníquos, embora jovens e sem os odores repulsivos dos diabos mais experientes, escoiceava, com a nítida intenção de me lançar sobre as pedras da estrada. Mas eu o cavalguei. Ele era minha montaria, e naquele instante eu me sentia mestre do bem e do mal.

Foi só um átimo, porém. Ao me aproximar do Templo, meu coração encheu-se de temor reverencial; eu não passava de um judeu comum, mestre de um ofício modesto, prestes a ingressar no recinto de um grande edifício consagrado. O Templo dos Templos fora construído no alto de uma colina.

Lá chegando, subi os degraus que davam acesso a sucessivos pátios, passando por capelas e santuários, cada qual mais augusto e sagrado que os anteriores. E havia o espaço inviolável do Santo dos Santos, onde só o Sumo Sacerdote podia entrar, e num único dia no ano. Eu era o Filho de Deus, mas também o filho de minha mãe, assim, a cada fôlego crescia o meu respeito pelo Templo, mais do que a urgência que sentia para mudar o que havia naquele lugar. Tremi, ouvindo as louvações de homens e mulheres que subiam à minha frente a inclinação do monte, e logo me deparei com os muros do Templo.

Todo aquele esplendor corria perigo. Em anos futuros, os inimigos de Israel se preparariam para destroçá-lo, até que praticamente nada restasse, senão um muro, a menos que os sacerdotes compreendessem que minha mensagem provinha do Senhor.

Sentado sobre o burrico, quando pude ver o Grande Templo naquela manhã chorei abertamente: o lugar era lindo, mas não seria eterno. Como dissera Amós: "As casas de marfim perecerão." Então desmontei e continuei a pé, subindo os últimos degraus.

33

Tendo subido os degraus da entrada, entrei no Templo propriamente dito. Para além do primeiro portão havia uma grande área ocupada por cambistas e mercadores. Agiotas e sacerdotes que pareciam pavões. Homens vaidosos, cujas mesas eram pródigas, enquanto os pobres viviam nas aléias fedorentas da cidade.

Calei-me, como se o silêncio fosse um manto sagrado e intocável. Sentei-me sozinho num banco de pedra e reparei nos que jogavam dinheiro na caixa de esmolas. Os ricos deixavam muito, mas quando uma mulher coberta por um xale esfarrapado depositou sua pequena moeda, meu coração disparou.

Chamei os discípulos que estavam perto e lhes disse:

– A generosidade dessa pobre mulher excedeu a dos ricos. Eles entregam o dízimo de sua abundância, ela deu seu sustento. Assim, ela transformou dinheiro em um tributo ao Senhor, enquanto os ricos dão apenas para impressionar uns aos outros.

Pensei na besta odiosa que era o dinheiro, consumidor ganancioso de tudo ao redor. Pensei nos ricos em seus jardins onde não crescem frutos e cujas plantas não trazem felicidade, sufocados sob o peso do ouro e sempre de olho no vizinho ainda mais opulento. Ali, na área externa do Templo, cercado de agiotas, falei a todos com minha própria voz:

– Ninguém pode obedecer a dois mestres, pois se aferrará àquele de quem precisa, desprezando o outro. Não se pode servir a Deus e à Cobiça.

Nesse instante, pela primeira vez desde que nos encontráramos na montanha, pude escutar a voz do Diabo:

– Antes que tudo se acabe, os ricos também o possuirão e colocarão sua imagem em cada parede. Os óbulos levantados em seu nome aumentarão o tesouro das igrejas poderosas. Esteja você comigo ou com Ele, os homens o cultuarão, o que é justo, pois sou Seu igual.

Ele riu, antecipando minha resposta, e concluiu:

– Você diz que a ganância é uma besta, mas note que as fezes dela são avaliadas em ouro, a mesma cor do sol, sob cuja luz as coisas crescem.

O Senhor sussurrou no meu ouvido: "Tudo o que ele diz faz algum sentido, mas repare que esse discurso é só para os que chamam sua atenção, os melhores e os mais belos, que concebi com maior esperança. Ele despreza os modestos, que permanecem Comigo."

Tais palavras não reforçam muito a minha fé. Que o Pai falasse bem dos submissos não me espantava, posto que, afinal, permaneciam leais a Ele e a mim. No entanto, esse pensamento apontava para o caos! Enxergando a avidez nos olhos dos usurários, tão aguda como a ponta de uma lança, senti-me preso de uma fúria superior a qualquer outra que já tivesse me dominado.

Com a ira de Isaías, gritei:

– Essas bancadas são uma poça de vômito. Não pode haver limpeza em tamanha mesquinhez!

E virei-as, atirando longe o dinheiro e exultando com o ruído das moedas batendo nas pedras do pátio. Cada um correu atrás das suas, temendo perdê-las, tal qual os porcos de Gadara, precipitando-se no mar.

Derrubei os assentos daqueles que vendiam pombas e abri as gaiolas. O bater das asas atraiu a multidão, que se aproximou e saudou esse desafio à sovinice.

Então eu disse:

– Minha casa deve ser reconhecida pelas nações como

uma casa de oração, mas vocês, adoradores de Mamon, fizeram dela um covil de ladrões.

De fato, ainda que nunca tivessem roubado uma xícara de trigo, eles eram ladrões, pois sua sofreguidão emulava a virtude alheia.

Logo os sacerdotes estariam comentando meu gesto em todos os santuários do Grande Templo. Pois os sacerdotes, assim como os agiotas, mantinham contas separadas com o Deus de Isarael e o deus do ouro. Rapidamente, trataram de regar as vinhas da cobiça que medravam num dos lados de suas almas.

34

Caminhando no meio daquela desordem de pranchas de madeira viradas, exclamei aos brados:

— Destruam este Templo, que o reerguerei em três dias.

Um dos usurários, um anção vigoroso, de olhos claros, teve a coragem de duvidar de mim:

— Foram necessários 46 anos para construir o que aí está, e você diz que o fará em três dias?

Eu, então, comecei a pensar no que dissera. Uma insensatez. Muitos, na multidão, não vacilariam em quebrar tudo que encontrassem pela frente. Assim, a palavra destruir, uma vez dita, poderia causar graves danos futuros. Palavras ásperas vivem no fundo do coração, aprisionadas.

Diante da imaculada beleza dos prédios, arrependi-me bastante. Como qualquer peregrino que vagasse sob aqueles muros, a habilidade dos construtores devia me inspirar reverência. E, afinal, eu estava ali para ensinar, não para destruir.

Mas o Senhor permanecera comigo, tanto na fúria anterior quanto na cortesia que me propunha agora. Dirigi-me aos discípulos e disse:

— Respeitem o Templo. Essa corja é apenas o rebotalho do mal, e pode ser lavada da pedra. Venham, adentremos esses lugares sagrados e eu lhes ensinarei.

Eu os levei até um jardim silencioso, situado entre duas pequenas capelas, onde havia inclusive um cedro bastante frondoso. Conforme eu previra, uma delegação de sacerdotes, escribas e fariseus veio a nós, e seus porta-vozes disseram:

— Nós o esperávamos, mas estranhamos seu modo de chegar. Com que autoridade faz tais coisas?

Em vez de responder, perguntei:

— O batismo de João era um dom divino ou um ato humano?

Não era uma questão simples. Se afirmassem a natureza divina da ablução, isso me daria margem para inquiri-los sobre o fato de não terem acreditado em João; mas se o considerassem apenas homem, seus devotos certamente diriam que ele fora um profeta. Isso eles não podiam admitir, posto que dependiam da obediência dos judeus pios, em geral desconfiados de sua subserviência diante dos romanos. E eu haveria de perguntar-lhes: "Por que não intercederam junto às autoridades para salvar João?"

Então eles responderam:

— Não podemos dizer.

E eu retruquei:

— Nem eu posso contar com que autoridade fiz o que fiz.

A espontaneidade de um dos escribas evidenciava sua origem nobre; ele tinha olhos azuis e uma barba castanha, macia. Afetando simpatia, ele aproximou-se de mim e me saudou com cortesia, apesar da dissensão que acabara de ocorrer no pátio.

— Mestre, sabemos que deseja pregar a verdade. Portanto, peço que esclareça uma questão muito importante para nós. É lícito pagar tributo a César, ou não devemos fazê-lo?

A gentileza calorosa desse indivíduo só provava que o Diabo tem subordinados amáveis. Se eu opinasse contra o pagamento, que acredito ser o que ele esperava, tratariam de ir correndo ao procônsul de Jerusalém, denunciando que eu estaria liderando uma rebelião contra os romanos.

Com perspicácia, solicitei que me entregassem uma moeda, e com ela entre os dedos, perguntei:

— De quem é o rosto gravado no dinheiro?

— De César – respondeu o escriba.

Então eu disse:

— Pois daí a César o que é de César, e a Deus o que é de Deus. – E fiquei muito satisfeito com essa resposta, pois ela também significava que o deus do ouro era uma divindade romana, não judaica.

Olharam-me com respeito, percebendo que eu não tinha apenas a força necessária para virar mesas, mas a dose de sabedoria suficiente para evitar uma resposta imprudente.

Refletindo depois, percebi o quanto minha observação fora arguta. Enquanto muitas igrejas sobreviviam em terras ruins prestando homenagem a César, eu não me dispunha a construir igrejas, mas a conduzir os pecadores à salvação. Contudo, a resposta ainda me intrigava. Teria Deus decidido que a prudência era o melhor caminho? Permitiria Ele que igrejas prosperassem nos pântanos do orgulho e da ambição?

35

Entretanto, o escriba que me chamara de Mestre queria alongar a conversa. Ele perguntou:

– No seu entendimento, qual é o primeiro Mandamento?

– Amar a Deus sobre todas as coisas deve ser o primeiro Mandamento – respondi –, o segundo é amar o próximo como a si mesmo.

– Amar o próximo como a si mesmo é mais do que todas as oferendas e sacrifícios – acrescentou o escriba. De fato, ele falava como um sábio. Seria o encarregado de guardar o Pentateuco? Suas maneiras pareciam tão sutis quanto a barba bem-feita que ostentava, e tinha um discurso tão bonito... Os olhos, porém, eram pálidos como o azul desmaiado do céu quase branco. Não confiei nele. Ainda assim, prestei atenção quando disse: – Aqui, somos todos circuncidados. Partilhamos uma única fé. Muitos de nós, neste Templo, acreditam que você veio não para nos dividir, mas para nos aproximar uns dos outros. De fato, não mudamos de idéia, muito embora a discórdia o tenha seguido tal qual o pó que antecede a tempestade. – Nesse ponto, fazendo uma pausa de efeito, tentou ganhar a atenção geral. Depois falou: – Todavia, há tempestades que purificam. Assim, eu perguntaria, Mestre, quando estaremos no Reino de Deus?

O sujeito se expressava com a duplicidade típica dos fariseus. Frases enfeitadas de boas maneiras, dissimulando um gracejo tão finamente peneirado quanto os grãos de areia. Mas eu adivinhava em seu espírito algum desejo de fé. Além do mais, os sacerdotes que o tinham enviado talvez estivessem dispostos a ouvir. Por conseguinte, dialogamos em pé de igualdade, e ainda levou uma hora antes que ele revelasse seu conhecimento acerca das escrituras, o que nos conduziu a uma cordial discussão sobre a realização de curas no Sabbath.

– Existe um versículo – enunciou – segundo o qual, enquanto os filhos de Israel estavam no deserto, eles encontraram um homem que catava lenha no Sabbath e arrastaram-no perante Moisés, Aarão e toda a congregação. E o Senhor disse a Moisés: "O réu será condenado à morte e a congregação se encarregará de apedrejá-lo." E assim o levaram para fora do acampamento, e o apedrejaram, e ele morreu. – Acrescentando que isso se passara há mil anos, o escriba concordou que nossos contemporâneos não agiriam desse modo, mas o princípio continuava válido: – É proibido trabalhar no Sabbath.

Repliquei que já respondera a essa questão inúmeras vezes:

– Se podemos circuncidar uma criança no Sabbath, não vejo por que não se deva socorrer os cegos e os coxos.

A partir daí, ele começou a falar com tamanha habilidade que eu não soube como ou onde interromper.

– Mestre, esperei anos para falar-lhe. Pensando nas obras que tem realizado, lembrava-me das palavras que o profeta Samuel disse ao rei Saul: "Rebelde é quem peca por empregar sortilégios." Veja bem: se vem Dele e, embora não o declare, devemos aceitar como o Senhor, isso não será um sortilégio? Sua recusa peremptória não pode acarretar efeitos malévolos, mesmo das boas ações que pratica? Suas curas podem parecer feitiçaria, ou mensageiras do fogo ardente da rebelião. Nós, no Templo, tememos esse fogo. Labutamos durante dez mil anos para aprender o que está nos cinco livros da Torah, e muitos deram a vida para preservá-los. Foi com a força de nossas crianças que construímos os muros deste Templo. Somos capazes de viver pela luz que este Templo nos assegura. É a mesma luz que emerge das proezas de nossos mártires Assim, eu gostaria que recordasse o que está escrito no livro dos macabeus: Antíoco, rei pagão que nos foi imposto, tendo decretado a unidade de judeus e gentios, determinou que todos acatassem as normas da nova religião, abjurando os credos antigos.

"Os gentios concordaram e, para nossa vergonha, muitos israelitas também adotaram a fé que cultuava os ídolos. De fato, tantos o fizeram que a única forma de se identificar um bom judeu passou a ser o respeito intransigente ao Sabbath, não importando que isso implicasse risco e vida.

"Então, Antíoco ordenou que nos abstivéssemos de circuncidar os recém-nascidos. Quem desobedecesse seria morto. Os soldados enforcavam sacerdotes e matavam as próprias crianças. Os bons israelitas foram obrigados a fugir de Jerusalém, e os ministros do culto oficial colocaram suínos no altar.

"Aprendemos então que só poderemos reprimir o mal se prestarmos obediência absoluta ao livro. O que diz, Mestre, nem sempre revela a compreensão que tem dos dez mil anos de nossa história. Muitas vezes, dá a impressão de ignorar os mártires que morreram para defender os Livros Sagrados. Ao contrário, na sua pressa de servir a Deus, encoraja publicanos, pecadores, e mesmo os não-circuncidados. Corre para destruir tudo o que aprendeu nos anos de sua escolaridade. Não compreende que uma rejeição cega à Lei é tão prejudicial quanto a idolatria?

À nossa volta se multiplicavam os murmúrios de assentimento, inclusive por parte de muitos dos que me seguiam, e que choraram quando ele mencionou o sacrifício dos mártires.

Cuidei de responder com bastante calma.

— Não pense – disse a ele – que vim para negar a Lei ou os profetas, nem para destruir: minha missão é realizar. – Interrompendo a frase, olhei seus olhos pálidos. – A menos que a retidão de meus discípulos exceda a dos seus escribas e fariseus, não entraremos no Reino dos Céus.

Antes que ele pudesse responder, prossegui:

— O que diz seria justo se o povo observasse o Livro, mas isso não ocorre. Israel tornou-se um palco de tantos e tão grandes pecados que o Senhor já considera seus habitantes entregues à devassidão. No entanto, não devemos encontrar um meio de salvar as meretrizes?

Sua resposta soou aos meus ouvidos leve e cheia de confiança, como se as palavras dançassem sobre sua língua e Satanás se agitasse em sua garganta:

— Salvar as decaídas? Acabará adotando os gentios, um povo que não é o seu, e eles o chamarão de Deus.

Rindo, ele despejou sobre mim toda a ironia maliciosa que havia misturado às mesuras, posando de conhecedor de coisas diabólicas e inteligentes que eu nunca entenderia. Na sua opinião, com certeza, os gentios não passavam de um bando de ignorantes, adoradores de estátuas, enquanto ele, como outros bons fariseus, eram os Escolhidos. Procurei cuidadosamente as palavras e falei em hebraico, repetindo o que conhecia de Ezequiel:

"Minhas ovelhas estavam dispersas porque não havia pastores, e se tornaram indefesas ante as feras. Abandonando o rebanho, Meus pastores só pensavam em comer. Vê, sou contra os pastores."

— Quer dizer, por acaso, que esses pastores são parentes meus? – interrogou o escriba.

Até um bêbado saberia escolher as palavras mais adequadas naquele momento, e eu devia me esforçar para ganhar o máximo, se possível, sem ofender. Mas, de repente, perdi a vontade de ser político, preferindo dizer algo que os fariseus jamais esquecessem:

— Procuro reunir todas as ovelhas que estejam dispersas. Assim, meu trabalho inclui os não-circuncidados, bem como aqueles que ignoram o Livro.

— Daria, pois, uma luz aos gentios? — perguntou ele.

— Sim — respondi. — Minha missão é salvar a todos.

Em silêncio, o escriba parecia exausto. Consumira-se em vão estudando os ensinamentos dos grandes profetas e suas idéias a respeito da salvação de Israel. Será que esse galileu e seus discípulos valiam mais do que os heróis, profetas e reis de passado tão glorioso e sagrado?

Continuei:

— O Senhor fez de minha boca uma espada afiada e à sombra de Sua mão Ele me mantém protegido. Ordenou que eu levantasse as tribos de Jacó e a forte reserva de Israel, mas advertiu que me daria uma luz para os gentios, para que eu leve a Sua salvação até os confins da terra.

— Isso é blasfêmia — replicou o escriba.

— Assim falou meu Pai — concluí.

Depois disso, ele partiu acompanhado pelos muitos que aceitavam suas concepções. Mais uma vez, fiquei sozinho com os apóstolos.

36

Os ecos de tudo quanto havíamos debatido permaneciam no ar enquanto as grandes sombras se alongavam no fim da tarde, cobrindo o pátio. Agora eu podia falar sem que ninguém rivalizasse comigo e dizer claramente o que pensava. Pois a causa de meu Pai não prevaleceria, se eu não desse combate aos poderes do Templo e às idéias que se erguiam como grandes muros em torno dele. Assim, precisava encontrar as palavras mais convincentes e, de fato, ouvia a voz do Altíssimo saindo pela minha boca sem qualquer interferência dos meus pensamentos errantes.

Ainda havia fariseus entre nós e por isso comecei a pregar dizendo:

— Os sábios ocupam o lugar de Moisés, e o Grande Templo de Jerusalém é o seu trono. Observem o que recomendam. Mas não façam como eles fazem. Pois eles impõem pesadas devoções aos fiéis, transformando a lei num fardo insustentável, mas sequer a tocam. Ao contrário, buscam sempre os melhores espaços, nas sinagogas e nos festins.

Imediatamente, os fariseus se agitaram e alguns trataram de se retirar. Uns poucos, porém, acreditando-se mais fortes, permaneceram, a fim de escutar o que eu diria em seguida. Zombando deles, imitei suas vozes:

— Olhem para mim e vejam a minha prosperidade. — E retomando meu tom habitual: — Algum entre vocês lamenta, por acaso, os dedos retorcidos da velha mulher que bordou a franja do seu xale de orações?

Fariseus mais ousados escarneceram do que eu dizia, enquanto outros, tímidos, escolheram partir. Dirigindo-me a eles, mas falando bem alto, para que me ouvissem todos aqueles que haviam perdido suas casas por conta das espertezas alheias, bradei:

— Por que não alimentaram os filhos da viúva em vez de devorar o seu pecúlio? Escravos de Mamon! Nem jurando pelo ouro do Templo saldariam o débito que têm com o Senhor. Tolos! Cegos! Entregam o dízimo sobre a hortelã, a erva-doce e o cominho, conforme a Lei, mas omitem a justiça, a misericórdia e a fé. Meticulosamente, são capazes de engolir um camelo. Limpam o lado de fora da xícara, deixando o interior repleto de impurezas. São como sepulcros caiados, belos e cheios de restos humanos. Construíram as tumbas dos profetas, mas são filhos daqueles que os mataram.

O Senhor me emprestara Suas palavras e, finalmente, pude falar com a voz intrépida de João Batista, meu primo. E prossegui:

— Enviarei profetas e sábios a vocês, e eles serão mortos, crucificados ou perseguidos, e sobre suas cabeças recairá todo o sangue que for derramado pelos justos até esse dia. Ó Jerusalém, Jerusalém! É apedrejado quem vem como mensageiro de Deus!

Essas frases caíram sobre eles, golpeando seu orgulho, mas meu coração também se tornou pesado. Porque minhas palavras eram verdadeiras. Aquele era o meu povo, meu Templo e eu sentia vontade de chorar por Israel. Devia partir, entretanto, pois a guarda do Templo fora convocada pelos fariseus. Eu era protegido por meu povo, que parecia uma tempestade de areia que feriria os olhos de qualquer homem que tentasse me deter. Alguns soldados tinham pedras nas mãos, mas nenhuma foi atirada. Nenhum homem tocou minhas vestes. Minha hora não chegara. Os guardas se aproximaram e se afastaram repetidas vezes, e nos meus olhos havia um alerta para que não me tocassem.

Assim, escapei do Templo naquele primeiro dia.

37

Ultrapassando os muros e seguido pela maior parte da multidão, subi ao Monte das Oliveiras. Havia uma intensa alegria no ar. Só eu podia pressentir as trevas sob a exaltação.

Um após outro, os discípulos se apresentaram, indagando:

— Quando essas grandes coisas virão? Ressuscitaremos no fim dos tempos?

Disse a eles:

— O mundo só se extinguirá quando eu não estiver mais entre vocês. — E a dor que sentiram ao ouvir tais palavras foi tão evidente que chorei. Precisavam ainda de meus conselhos, por isso contei sobre as novas visões que tivera, em sonhos.

— Ouvirão os clamores das guerras. Nações se levantarão contra nações, reino contra reino, e a fome, a pestilência e os terremotos se sucederão. Mas tudo isso será apenas o início dos ásperos tempos. Virão traidores para matá-los, e serão odiados por causa do meu nome. A iniqüidade e a ambição desmedida campearão. Só os que resistirem até o fim serão salvos. E caberá a vocês pregar esse evangelho em toda parte.

Rodeado por meu povo, que reagia às minhas palavras com agitação e aos gritos, pensei se o Senhor não estaria me enviando algum aviso dos servos do Demônio que viriam à terra armados com um estoque de pequenos milagres, alegando ser a minha reencarnação. Antevendo as incontáveis decepções que jaziam à frente, alertei-os:

— Se algum homem falar que é o Cristo, não creiam. Falsos profetas surgirão em meio a grandes sinais, fazendo maravilhas. Se disserem que estou no deserto ou em alguma câmara secreta, não saiam correndo para a vastidão, não acreditem. Só quando os relâmpagos do leste iluminarem o oeste, quando o sol escurecer, a luz se apagar e as estrelas caírem do céu, então o Filho do Homem retornará, saindo das nuvens ao som de trombetas. Em verdade digo que essa estirpe não desaparecerá até que tudo se cumpra. O céu e a terra serão abalados, mas não minhas palavras. Tratem de segui-las, portanto, pois não conhecem a hora final. Mas estejam cientes de que o bom homem que monta guarda jamais terá a sua casa arrombada. Estejam prontos. Pois quando não estiverem esperando, o Filho do Homem virá.

"Ele chegará e dirá: 'Eu estava faminto e me deram de comer, estava com sede e me deram de beber; era um estranho e me abrigaram; estava nu, e me vestiram; doente, me visitaram; preso, foram me ver.' Em verdade digo que tudo quanto fizerem ao menor dos pequeninos terá sido feito a mim. Os maus terão castigo eterno. Mas os justos ganharão a vida eterna.

Certos de estarem entre os justos, eles me aplaudiram, calorosamente. Pareciam acreditar que somando seus louvores atrairiam a graça de Deus e a eternidade. Como chegariam até o Senhor? Enfim, não podia enfraquecer-lhes a confiança depois de tê-la fortalecido com minhas palavras. Devia honrá-los, pois se seu peso derivava da eloqüência do Senhor, eu os pronunciara e essa era a mais poderosa mensagem.

38

Naquela noite jejuei. O povo de Jerusalém saudara minha passagem e me aclamara como rei, mas não sabia que meu reino não era deste mundo; buscavam quem restaurasse a grandeza que Israel conhecera no tempo de Davi.

Sob a friagem do amanhecer, recuperei o ânimo e me senti pronto a retornar ao Templo, e me sentar debaixo da árvore sagrada. Devia pregar mais.

Os fariseus, porém, tinham bloqueado a estrada que corria junto ao Monte das Oliveiras, e traziam com eles uma mulher.

– Mestre, ela foi flagrada em adultério. A Lei diz que deve ser apedrejada. O que diz?

Ciente de que queriam me acusar de leniência com pecadores, desviei meus olhos da mulher e, também sem encará-los, disse:

– Não se deve cometer adultério. Um simples olhar de luxúria já é pecado.

Essas palavras eram para os jovens, deleitados por poderem fitar a adúltera abertamente, imaginando coisas que logo dariam prazer a mãos ociosas. Pensei comigo mesmo: "Se suas mãos lhe ofendem, corte-as fora."

Posto que a fornicação é o instrumento mais poderoso de Satanás, aquela pecadora devia carregar dentro de si toda vileza e eflúvio demoníacos. Por isso, os fariseus sentiam-se tão confiantes, certos de que eu encontraria um modo de perdoá-la, provando que estava pronto a conspirar com as prostitutas. No entanto, desdenhando sua presença, não fiz mais do que agachar-me e escrever no pó da estrada com o dedo.

Frios e calculistas, eles sabiam que, para um essênio, o pecado da carne leva diretamente ao Fogo. Logo eu lhes ensinara tudo o que aprendera nas escrituras – que eles próprios haviam lido – sobre os riscos que procedem de uma mulher impura. Lembrava-me, especialmente, da citação do Segundo Livro dos Reis a respeito de Jezebel – uma princesa que fora atirada da mais alta janela de uma torre, respingando com seu sangue os muros, tendo sido ainda pisoteada pelos cavalos dos cortesãos, antes que a abandonassem. Ao se deparar com aquele quadro, e tendo ordenado o enterro dos despojos de sua própria filha amaldiçoada, mas informado de que nada restara além do crânio, dos pés e das palmas das mãos, o rei disse:

– Foi a vontade do Senhor: os cães comeram a carne de Jezebel e sua carcaça serviria de adubo.

Eu continuava na minha faina – sem olhar a mulher nem deixar que vissem o que escrevia na areia – sussurrando comigo mesmo o trecho do Livro dos Provérbios que diz assim: "Os lábios de uma mulher estranha são atraentes como o mel e sua boca é mais escorregadia do que o bálsamo, mas eles têm o gosto do absinto e cortam como uma espada de dois gumes. Suas maneiras são dissolutas e seus pés conduzem à morte os pés dos que correm céleres atrás do mal."

Pedro veio sentar-se a meu lado, na estrada, desenrolou o papiro que carregava consigo, e que só lia com grande dificuldade, enquanto repousávamos; próximo de meus pensamentos, ele apontou com seu dedo grosso – duas vezes maior do que o meu – uma passagem escrita no antigo hebraico:

– "Por causa de uma libertina, um homem pode transformar-se num pedaço de pão." – Acenei para que continuasse, e ele recitou baixinho: – "A adúltera comeu, limpou-se e disse não ter cometido nenhuma iniqüidade."

Sempre evitando encarar a mulher, recordei as palavras de Ezequiel:

– "Os babilônios foram à casa de Aholibah, a meretriz, e a possuíram no seu leito de amor, descobrindo sua nudez, violando-a e poluindo-a; ainda assim, ela multiplicou sua impudicícia, deleitando-se com homens tão bemdotados quanto cavalos."

Finalmente, fixei a vista na mulher flagrada em adultério, belíssima, como eu temia. As maçãs de seu rosto eram delicadas e o cabelo escorria-lhe pelas costas. Pintara os olhos com arte e mantinha uma atitude amável, apesar do traço de orgulhosa vaidade presente em sua boca.

A castidade não me livrara de pensamentos sensuais. Fúrias não consumidas me devastavam. Naquele instante, porém, escutei uma suave voz espiritual. Seria o seu anjo da guarda implorando misericórdia? Tive uma visão dela pecando na companhia de um estranho. Era uma criatura de Deus. Talvez estivesse perto do Senhor de algum modo que eu não podia entrever enquanto Satã abraçava seu corpo. Seria mesmo tão diferente do Filho do Homem, que também buscava aproximar-se de estranhos?

Assim pensando, levantei-me e, dirigindo-me àqueles fariseus, tão silenciosos e pacientes quanto pescadores, e aos meus próprios discípulos, falei alto e bom som:

– Melhor entrar na outra vida mutilado do que ter duas mãos e ir parar no inferno. Se um dos olhos lhe ofende, arranque-o, pois é melhor entrar no Reino de Deus com apenas um olho do que fitar as chamas com os dois. No fogo do inferno, o verme que come sua carne é imortal.

– Embora perplexo, sentia-me purificado da perturbação que a mulher produzira em mim, e foi nesse estado de espírito que disse: – Aquele entre vocês que esteja isento de pecado que atire a primeira pedra.

Foi um tumulto, tão súbito e tão forte que quase me fez perder o equilíbrio; tive que parar e voltar a escrever no pó, como se aquilo que meu dedo pudesse dizer à terra importasse mais do que todos eles. Mas seu ímpeto de violência durou pouco – recuaram aflitos com seus próprios pecados e não tardaram a partir.

Saíram um a um, o mais velho – talvez o mais pecador – à frente, e por último um jovem quase inocente. Fiquei só. Mesmo Pedro se fora. Apenas a mulher adúltera permanecera diante de mim.

Temia olhá-la, mas o fiz, e ao fazê-lo não pude enxergar seus olhos. Ao contrário, como um sonho propiciado por Satã, ouvi os versos do Cântico dos Cânticos: "As curvas de tuas coxas são como jóias, obra da mão de um mestre, e teu umbigo é uma taça arredondada." Devia estar na presença de anjos do mal, pois via claramente o meu próprio mal, abundante e escuro, sequioso para sair. A beleza daquela mulher impunha cautela.

Assim, preferi recitar-lhe as palavras do profeta Ezequiel:

"Levantarei teus amantes e eles virão em carruagens, furiosos, e despirão tuas vestes, apoderando-se de tuas jóias, e arrancarão teu nariz e tuas orelhas, e o que restar de ti será devorado pelo fogo. Tua lascívia cessará imediatamente, e tua vileza será expulsa da terra do Egito, que não guardará marca alguma da tua memória."

Gentilmente, a meretriz de olhos rubros como um pôr-do-sol limitou-se a dizer:

– Não quero perder meu nariz.

Perguntei-lhe:

– Mulher, onde estão seus detratores? Ninguém a acusou?

Modesta, ela respondeu:

– Não há ninguém aqui para me acusar, Senhor.
Então, eu disse:

– Tampouco eu a condeno. Siga em paz.

Mas isso não seria o bastante. Cheia de ecos profanos, para onde ela poderia ir?

– Ainda está inclinada à fornicação com estranhos? – indaguei.

– Se não me condena, não me critique. Sem carne não há vida – replicou ela.

Leviana, mas forte, ela estava casada com os setes poderes da ira de Satanás e com os sete demônios, seus descendentes. Cabia a mim expulsá-los, lentamente, como de fato foram saindo, um a um, alguns esquivos, outros vulgares, vários monstruosos, tornando-se prisioneiros dos bons espíritos ao nosso redor. E enquanto os nomeava, compreendi que sabia muito mais sobre o Demônio do que ele gostaria.

O primeiro a sair foi Trevas, demônio da traição. O segundo, Desejo, demônio do orgulho. O terceiro, Ignorância, demônio glutão, dotado de imenso apetite por carne de porco. O quarto, Amor à Morte, demônio do canibalismo – prática que mais nos aproxima da morte. O quinto, Domínio Total, encarregado de destruir as almas; e o espírito bom que tentara nos aproximar, a mim e àquela mulher, abateu-se quando esse demônio apareceu. O sexto, Excesso de Sabedoria, estava sempre interessado em roubar uma alma. O último e mais terrível de todos, Sabedoria da Ira, era o demônio da devastação. Tudo isso eu fiz sair dela, e só então me senti em condições de lhe dizer:

– Vá e não peque mais.

Tempos depois, soube que seu nome era Maria e que era de Magdala, cidade da região de Tiberíades, onde muitos judeus haviam morrido. Pecara, portanto, sobre os túmulos dos mártires. Todavia, não lamentei nenhuma das minhas palavras. Ela era uma gentil criatura de Deus que, provavelmente, eu jamais tornaria a ver. Mas tornei, sim.

39

No segundo dia em Jerusalém, andando pela rua Herodíade, perguntei a mim mesmo como teria sido possível batizar com o nome da mulher que mandara matar João Batista a grande avenida que conduzia ao Templo.

Um cego me abordou. Cego de nascença, segundo me disse, não conhecera as delícias da visão infantil. Um de meus discípulos manifestou sua perplexidade:

— Mestre, que pecado terão cometido os pais desse homem para que o atingisse tamanho castigo?

Respondi sem pestanejar:

— Ele é cego para que as obras do Senhor lhe possam ser reveladas. Eu o curarei.

No entanto, não havia por onde começar, pois o sujeito só possuía duas órbitas vazias, uma de cada lado do nariz.

— Tenho fé — murmurei, dirigindo-me a meu Pai. — Socorra-me, se ela me faltar.

Cuspi no chão e misturei a saliva ao pó, fazendo um barro com o qual ungi os olhos do cego. Disse:

— Vá e lave-se na fonte de Siloam — que era um poço perto dali.

Ele tateou o caminho com a bengala e voltou enxergando. Os vizinhos o interrogavam:

— Você não é aquele que sentava e esmolava?

Outros replicavam:

– É ele mesmo.

E aos que queriam saber como fora a história, ele próprio respondia:

– Um homem chamado Jesus me ungiu e disse que me lavasse. Fiz isso e agora posso ver.

– E onde está esse Jesus? – insistiam as pessoas, curiosas.

– Não sei – afirmava o homem que fora cego.

Na rua, um fariseu indagou como adquirira a visão e ele repetiu a narrativa do que acabara de acontecer. Os doutores da lei, entretanto, duvidando que tivesse nascido assim, mandaram chamar seus pais. Inteiramente confuso, o casal só conseguia dizer:

– É nosso filho, sem dúvida, e nasceu cego, sim, mas por que meios tornou-se capaz de enxergar, ou quem lhe abriu os olhos, isso não sabemos. Mas sendo maior de idade, pode falar por si. Perguntem a ele.

Os fariseus retornaram ao ex-cego e disseram:

– Aquele que colocou barro sobre seus olhos é um pecador.

O sujeito respondeu:

– Isso, não sei. Mas eu não tinha visão e agora enxergo.

– Como terá aberto seus olhos, então? – insistiram os fariseus.

Ele replicou:

– Já lhes contei e não ouviram. Por que razão seria diferente, agora? Querem tornar-se discípulos dele?

Os fariseus disseram:

– Somos seguidores de Moisés. Mas não sabemos de onde veio esse Jesus.

A cada instante, desde que vira o mundo tal como era, aquele homem se tornava mais corajoso; de fato, eu era abençoado por lhe ter dado visão.

– Realmente, é incrível – dizia ele agora – que não tenham a mínima idéia de onde veio Jesus. Pois se não tivesse vindo de Deus, poderia ter feito o que fez?

Então, os fariseus bateram nele com seus punhos e o xingaram, vociferando:

– Nascido no pecado, pretende nos ensinar? – E acabaram por expulsá-lo.

Quando os discípulos o trouxeram de volta a mim, eu disse:

– Não vim somente para dar a luz aos cegos, e sim para ensinar aos que proclamam sua visão mas nada vêem.

Sentia-me furioso, muito mais do que ao virar as mesas dos agiotas no átrio do Templo. Naquela ocasião a raiva não estava em minhas mãos nem na minha voz, e tivera de abrir caminho à força antes de alcançar os recantos silenciosos do meu coração. Assim, quando um dos fariseus que me escutara perguntou, com ar zombeteiro, se acaso era cego, repliquei:

– Em seu pecado, sim, é cego.

Do alto da importância que se atribuía, ele sentenciou:

– Esse Jesus está possuído ou é louco.

Mas outros argumentaram:

– Um endemoninhado pode abrir os olhos de um cego de nascença?

Houve muita discussão.

Um pouco adiante, na mesma rua Herodíade, um simpático e idoso fariseu de rosto enrugado puxou conversa:

– Muitos de nós, judeus e devotos, apreciamos quando virou as mesas dos mercadores e consideramos seu gesto um tributo a Deus. Poucos de nós se dispõem a censurar a ganância.

Gostaria que eu entendesse, no entanto, algo que ele próprio ignorava na juventude. A um sinal meu, começou a falar. Na verdade, aquela conversa poderia servir para me acalmar antes de chegarmos à entrada do Templo.

— O Senhor é generoso e nos criou para sermos como Ele – disse –, mas, embora feitos à Sua imagem, não temos a Sua onipotência.

O ancião me pareceu decente e eu refutei:

— O homem pode ter sido criado à imagem de Deus, mas não tem o poder de operar milagres.

— Sim – ele concordou. – Mas e aquele que faz milagres? Estará mais perto de Deus? Ou o Diabo terá tomado sua alma? O Maléfico também pode praticar o bem; afinal, isso faz parte de suas artes. Satanás poderia conferir o poder de proporcionar visão a um cego, iludindo-o, nobre Jesus, com relação à fonte de seus prodígios, e por seu intermédio, fomentar os sonhos a que induz os judeus empobrecidos.

— O que diz é tão finamente urdido que podia estar falando pela Serpente – respondi.

Ele suspirou e disse:

— Sei que tem um coração magnânimo, que fala através dos seus olhos. Só quis advertir. Há quem diga que é o Filho de Deus – e ante o que lhe parecia uma blasfêmia inominável, ele inclinou a cabeça, antes de prosseguir: – Alguns alegam que você mesmo o afirma. Rezo para que nenhum mal caia sobre você. Se encontrar o Sumo Sacerdote, silencie sobre isso. Pois se Caifás não ouvir algo semelhante da sua boca, mas apenas por intermédio de outros, não precisará declarar que há um sacrilégio mortal. É só para sua segurança.

Agradeci **com** um sorriso, mas em verdade não tinha certeza se **poderia** aceitar tal conselho.

40

No segundo dia, a multidão que acorreu ao Templo para me ouvir pregar parecia ter-se multiplicado. O pátio interno estava apinhado de gente barulhenta e que promovia até alguma desordem, devido ao vigor e à exaltação de suas preces. Não poderia deixar de me referir a isso, pois se eles não tinham a noção de como se comportar na casa do Senhor, jamais saberiam agir por si sós.

– Não sejam como os hipócritas – eu lhes disse –, que amam recitar versos piedosos nas sinagogas. É no íntimo que devem rezar ao Pai, sem repetições vãs, que enfraquecem a alma, e sem excesso. O Pai não precisa disso.

Contudo, só estavam interessados nos indícios sobrenaturais que anunciariam o final dos tempos e, para acalmá-los, fui obrigado a discorrer sobre sinais que surgiriam no sol, na lua e nas estrelas, e acerca de abalos sísmicos e maremotos.

– Com medo, os corações dos homens falharão, e apenas os que forem valorosos verão o Filho do Homem chegar numa nuvem, com poder e glória. Então, poderão erguer as cabeças, pois a hora da redenção estará próxima. – E intimamente eu implorava ao Senhor que tudo isso fosse verdade.

Minha sensação era de que nem gritando Ele me notaria. Mesmo assim, esforçava-me para encontrar palavras que sensibilizassem o público. E cada palavra era tão precisa quanto a madeira do costado de um barco, que na hora da tempestade garante a segurança dos que estão a bordo.

De longe, vi um sacerdote e um oficial da guarda do Templo conversando. Junto a mim, um dos acólitos comentou:

– As escrituras dizem que o Messias será de Belém. De Nazaré não virá nada de bom.

Outro disse:

– Sim, não se deve buscar a natureza de um homem longe do lugar onde nasceu, mas Jesus é de Belém.

Insistindo, e meneando a cabeça como se fosse um sábio, o primeiro replicou:

– É da Galiléia, e de lá o Messias não pode surgir. – Ele desconhecia tudo sobre Deus, mas podia dizer de que lugares o Messias viria ou não viria.

Ouvindo o diálogo, pensei: "Um homem de mente curta cria uma concha dura para proteger seus pensamentos mesquinhos." E a ira que alcançara o centro do meu coração quando soube que o cego tinha sido maltratado pelos fariseus expressava-se agora alto e bom som:

– Seus pais mataram os profetas, e aqui construíram as tumbas dos profetas. Deus mandará novos profetas, e vocês os perseguirão e os destruirão. E tão grande será o massacre, que o sangue de todos os profetas, derramado desde a fundação do mundo, cairá sobre suas cabeças.

O bisonho auxiliar do Templo recuou um passo, e eu avancei sobre ele, sem interromper o discurso:

– Do sangue de Abel ao sangue de Zacarias, é isso que tem acontecido.

Aquele tipo podia ser baixinho, além de ignaro, mas aferrava-se como um escorpião a tudo o que aprendera, e me repreendeu, mais uma vez, por fazer curas no Sabbath.

Impaciente, gritei com ele:

– Não tem compaixão.

Queria golpear a falsa piedade dos judeus devotos mas obliterados, e orar para que encontrassem boas almas, como aquelas que haviam construído casas comigo em Nazaré. Aqueles judeus eram iguais a mim, meus amigos.

Disse mais:

– Aproxima-se a hora em que os mortos ouvirão Sua voz e se erguerão dos túmulos, os bons e os maus, e meu julgamento cairá sobre todos os seus ancestrais. – Fiz uma pausa e frisei: – Todos, sem exceção.

Ardendo nas orelhas dos sacerdotes e fariseus, minhas últimas palavras desencadearam uma efervescência maior do que qualquer coisa que eu tivesse dito ou não dito até então. Com as almas carregadas de vícios e cheios de cobiça, mesmo assim eles tinham fé em alcançar o paraíso, resguardados das conseqüências de seus atos mais nefastos graças às súplicas de antepassados gloriosos. Mais do que em Deus, acreditavam nisso – com a ajuda dos antepassados, cruzariam o abismo que os separava do Senhor. Questionando, ainda que superficialmente, o comportamento de seus predecessores, eu lhes tapara os ouvidos: eles não dariam qualquer atenção ao Demônio. As lágrimas que verti foram premonitórias: sabia que os líderes e os sacerdotes do meu povo viam a mim como um repugnante mensageiro de Satanás. Sim! Tão repulsivo quanto os porcos de Gadara.

Tão grande foi a sua ira que a luz do dia avermelhou-se diante de meus olhos – como se as almas de todos já estivessem no Fogo. Sem nenhum tipo de paz para oferecer-lhes, não pude refrear a língua:

– Conhecerão a verdade, e somente a verdade os tornará livres.

Orgulhosos, do alto de sua auto-estima, rendendo homenagem a si próprios, protestaram, dizendo:

– Somos da semente de Abraão. Nunca fomos escravos de ninguém. Como, então, pode afirmar que seremos libertados?

Respondi:

– São da semente de Abraão, mas procuram se afastar de mim, que vim contar-lhes a verdade, como a ouvi de Deus.

– Também temos um pai; e Ele é Deus – retrucaram.

– Satã é seu pai – retruquei.

Não estaria eu construindo uma fornalha capaz de derreter o ferro? Nunca os tinha visto mais irritados.

– Agora sabemos de onde vem – exclamaram. – Ousa afirmar que é maior do que nosso pai Abraão?

– Abraão me conhece e se alegrará quando chegar minha hora – continuei. – Porque eu já existia antes de ele vir ao mundo.

Depois disso, pegaram pedras para jogar em mim. Não o fizeram, mas foi o quanto bastou para me alertar; ainda não tinham reunido coragem suficiente, mas logo se tornariam mais atrevidos. Uma única pedrada sinalizaria o apedrejamento. Eu cruzara as suas fileiras e não poderia mais andar junto deles, como fizera até a véspera. Assim, protegido pelos discípulos, fugi às pressas. Apesar de enfurecidos, não conseguiram me perseguir.

41

Preocupados em me alojar da melhor forma possível, os discípulos escolheram a casa de Simão, o leproso, em Betânia. Ninguém cogitaria de nos procurar lá, entretanto, a notícia de minha presença logo se espalhou. Enquanto estávamos à mesa, surgiu uma mulher com uma oferenda, um jarro de alabastro contendo óleo de nardo, valendo cerca de trezentos denários – salário de muitos meses de trabalho, talvez um ano –, com o qual untou meus cabelos.

Penetrando pelo nariz e os ouvidos, o perfume me trouxe à memória a voz da Donzela que, no Cântico dos Cânticos, recita um verso assim: "Sentado à mesa, o rei deixava-se envolver pela fragrância do meu óleo de nardo."

Alguns discípulos se indignaram, e Judas reclamou:

– Por que não vender o ungüento e dar o dinheiro aos pobres? Isso é um desperdício!

Olhei-o com má vontade, notando que tinha a fisionomia fechada de raiva e parecia fora de si. A mulher que me presenteara se chamava Maria (tal como minha mãe, e a irmã de Lázaro, e Maria Madalena), e ungiu meus pés com o que sobrara do óleo de nardo, enxugando-os com seus cabelos. Essa homenagem me propiciou um grande alívio aos dedos dos pés e aos tornozelos (como uma bênção aos quilômetros que tínhamos percorrido). Os versos de Salomão continuavam me acudindo: "Levanta, meu belo, e sai, pois o inverno passou, a chuva cessou, flores brotam na terra e é chegado o tempo de os pássaros cantarem." A casa estava completamente tomada pelo doce perfume.

Mas Judas insistia:

– Por que o ungüento não foi vendido?

Outros se uniam a ele. Não contra mim, mas criticando a dadivosa mulher, e eu lhes disse:

– Parem de importuná-la. Ela apenas praticou uma boa ação. – Com Judas, fui mais longe: – Você poderá estar sempre ao lado dos pobres e fazer bem a eles, mas a mim nem sempre terá.

Entretanto, sentia-me dividido. Das mãos amorosas daquela mulher eu obtivera um instante de felicidade; logo, por um breve espaço de tempo, deixara de ser amigo dos pobres. Mas eu não era pobre? Em verdade, o que eu experimentava era o fôlego curto de quem tem medo da morte.

O perfume do nardo fora um bálsamo para a solidão que rugia no meu ventre.

Entendendo pela primeira vez o sentimento dos ricos e sua necessidade de ostentar elegância, tão preciosa quanto seu próprio sangue, também podia compreender que sua ganância era uma poção contra augúrios. Eu garantira ser mais fácil um camelo passar pelo buraco de uma agulha do que um rico entrar no Reino dos Céus, mas o lado oposto da minha boca tinha acabado de desdenhar dos pobres.

Teria eu feito uso da língua bifurcada da serpente a fim de chegar a todos? O doce aroma que persistia em minhas narinas trouxe consigo uma visão de templos belíssimos erguidos para glorificar-me, e bem gostaria de tornar-me indispensável, capaz de conferir a cada homem um critério específico. Em verdade, pensava, muitas estradas conduzem ao Senhor.

De repente, notei que Judas havia partido. Ele me amava, mas podia deixar de me amar – exatamente conforme me advertira. Depois que ele se foi, os discípulos relataram que andava me difamando publicamente, dizendo aos que encontrava na estrada entre Betânia e Jerusalém que eu estava prestes a trair os pobres. Como tantos outros, eu abandonara minhas convicções. Devia perdoá-lo, pois tivera, eu mesmo, um momento de desdém pelos menos favorecidos, e segundo minhas próprias palavras, que não podia abjurar, a verdade só carece de uma centelha de luz para converter-se na mais poderosa das verdades.

42

De acordo com o sonho, os romanos colocariam suas mãos em mim no primeiro dia da Páscoa dos hebreus – o terceiro da minha estada em Jerusalém. Nessa data, acordei com as pernas pesadas, os olhos e os ouvidos doendo e uma ultrajante congestão no peito. Multidões ainda maiores estariam aguardando para me acompanhar até o Templo, e eu não estava pronto. Pensando na beleza do sol sobre o Mar da Galiléia, cogitei se não seria a vontade de Deus que eu deixasse aquela cidade, retornando aos lugares onde pregara antes.

Quantas discussões os sacerdotes não teriam travado ao longo da noite? Acaso pretenderiam me prender? Em virtude das festividades, provavelmente evitariam quaisquer atos passíveis de provocar tumultos. Afinal, cabia a eles assegurar a paz e a tranqüilidade na cidade, e as revoltas dos judeus costumavam enfurecer os romanos.

Eles não sabiam como agir. O problema é que eu também não. Naquela terceira manhã, levantei-me sem nenhuma disposição para ir ao Templo. Se a prudência nos vem de Deus e a covardia do Diabo, a fronteira entre as duas nem sempre pode ser discernida. Muito menos por um só homem. Sentia-me como um simples homem, muito mais do que como Filho de Deus. A voz Dele soava fraca aos meus ouvidos, e um medo vil instalara-se no meu coração.

À tarde, os discípulos se reuniram junto da minha cama.

– É a Páscoa, Mestre, onde iremos cear?

A indagação me permitiu finalmente tomar a iniciativa.

– Dois de vocês irão à cidade à procura do primeiro homem que passar carregando um cântaro d'água. *137*

Caminhem com ele até a porta de casa e digam-lhe: "Nosso Mestre solicita um quarto de hóspedes. Ele gostaria de cear aqui, na companhia de seus discípulos, comemorando a Páscoa dos hebreus." Esse bom homem mostrará um amplo cômodo na parte de cima, mobiliado e devidamente preparado. Façam isso, rápido.

Via tudo tão claramente como se Deus tivesse me contado a respeito. Não foi difícil encontrar o homem, e os fatos se desenrolaram conforme eu havia previsto. À noite, aproveitando a escuridão, dirigi-me àquela casa, junto com meus 12 apóstolos, e ceamos.

Permaneci calado um instante, enquanto segurava o pão. Depois de abençoá-lo e dividi-lo, entreguei um pedaço a cada um, lembrando que fizera algo parecido, no deserto, quando cinco pães alimentaram quinhentas pessoas. Aquele fora um milagre de Deus; desta vez era diferente. Pensando na carne que retorna à terra, após a morte, e se transforma no grão, disse:

— Peguem e comam, que este é o meu corpo. — Como Filho de Deus eu estaria presente no trigo.

A seguir, segurei o cálice, dei graças ao Senhor e servi o vinho, tal como já havíamos feito tantas noites e em tão intensa comunhão espiritual, certos de que as coisas ocultas nos seriam reveladas. O vinho me aproximava de meu Pai, e eu O via como se fosse um grande rei. Menos ofegante, agora, meu amor a Ele e às Suas obras tinha superado o temor que sentira pela manhã. Era Ele o responsável por levar ordem ao caos que nosso povo criava – tarefa árdua e constante – e que O fazia incorrer em fúria e nos mandar para o exílio, devido aos pecados que cometíamos. Mas mesmo tendo nos dispersado, trouxera-nos de volta, perdoando o quanto espoliáramos Sua criação. Aqueles 12 homens em torno da mesa estariam aptos a escutar de mim que Deus não tardaria a vir, que o dia da glória eterna logo chegaria? Não podia dar a eles tal certeza. Sabia que nós, israelitas, povo errante e pecador, certamente haveríamos de preferir o julgamento à salvação.

Como um soldado leal, mas exausto, murmurei comigo mesmo: "Ó Deus, ampara minha falta de fé."

E dando-lhes de beber, disse:

— Este é meu sangue, que será derramado por vocês e por muitos. — E provando a tristeza das uvas esmagadas, acrescentei: — Só voltarei a beber no Reino dos Céus. — E o Reino dos Céus parecia perto.

Os apóstolos se agitaram e um deles perguntou:

— Como pode um profeta dar sua carne para comer e seu sangue para beber?

Respondi:

— A menos que coma a carne do Filho do Homem e beba seu sangue, não terá vida alguma. Mas aquele que comer minha carne e beber meu sangue ganhará a vida eterna. No último dia, eu o ressuscitarei. Ele habitará em mim, e eu nele.

Do meio dos que gaguejavam, Judas falou:

— É difícil de entender. Como se pode dar ouvidos a isso?

Respondi:

— Não escolhi você? Não é um de meus 12 apóstolos? — Resisti o quanto pude, mas acabei dizendo: — Há um demônio entre vocês, e ele me trairá. Ai dele! Melhor seria que nunca tivesse nascido.

Tão perto de mim quanto meus próprios pecados e a fadiga que me abatia, esse homem era realmente digno de pena. Traindo-me, certamente atrairia sobre si um sofrimento maior do que o meu.

A compaixão me deu forças, como sempre.

Encerrada a ceia, despi-me e, vestido apenas com uma tanga, despejei água numa bacia e lavei os pés de cada um dos discípulos.

Ao chegar a vez de Pedro, ele disse:

– Não lavará meus pés.

– Se não o fizer, não será parte de mim – repliquei.

Pedro respondeu:

– Então, não só meus pés, Senhor, mas minhas mãos e minha cabeça.

Os pés de alguns dos apóstolos estavam limpos, mas outros cheiravam mal; as pernas de alguns eram rijas, mas outros logo estariam prontos para fugir. Ao terminar de banhar a todos, falei:

– No futuro, lavem os pés uns dos outros, assim como fiz com cada um de vocês.

Mas a idéia da traição não me saía da cabeça:

– Um de vocês me trairá.

Devo ter dito isso alto, pois Simão perguntou:

– Senhor, quem é esse?

– Será aquele a quem darei um pedaço de pão embebido em vinho – respondi.

De fato, pouco depois, molhando o pão no vinho, entreguei-o a Judas Iscariotes. Muito havia se passado entre nós e nada disso fora discutido quando partimos para Jerusalém.

Nos olhos escuros de Judas acendeu-se a chama da falsa fé que exibimos para escamotear nossos verdadeiros sentimentos. Mas, afinal, eu ainda acreditava na sua sinceridade – ou ansiava por isso. Entendia que mesmo os homens mais crédulos tinham seus momentos de dúvida. Assim, agarrando-o pelos ombros, mas com a máxima ternura, disse:

– O que tiver de fazer faça rápido. – Amava-o tanto que, mesmo sabendo, não sabia. Ninguém entendeu minhas palavras; alguns terão pensado que o mandara embora com uma bênção. Ele partiu e se perdeu na escuridão da noite.

Tão comovido como se estivesse prestes a caminhar novamente sobre as águas do Mar da Galiléia, dirigi-me aos apóstolos, dizendo:

– Dou-lhes um novo Mandamento. Amem uns aos outros como eu os amei. Somente assim todos saberão que foram meus discípulos. Pois devo partir, e aonde vou não podem ir.

– Aonde vai, Senhor? – indagou Pedro.

– A um lugar em que não pode me seguir. Só muito mais tarde – respondi.

Mas ele teimou:

– Senhor, permita que o acompanhe. Estou disposto a enfrentar a prisão ou a morte. Darei minha vida pelo Senhor.

Ele tinha fé e estava certo de que nunca me falharia. O melhor guerreiro pode apegar-se tanto às suas proezas que acaba imaginando ser mesmo muito grande. Pedro, não; ele ainda não via sua própria alma. E eu lhe disse:

– Ainda esta noite, antes de o galo cantar, você me negará três vezes.

Recusando-se veementemente a escutar minhas palavras, ele insistiu:

– Nunca me afastarei do Senhor, não o negarei. De modo nenhum. – E todos os demais asseguraram a mesma coisa.

Então, perguntei:

– Algum de vocês tem uma espada?

43

Como não houve resposta, ajuntei:

— Quem não tem espada que venda sua roupa e compre uma.

Só então eles confessaram:

— Senhor, eis duas espadas. — Eram gládios curtos, e Pedro empunhava um deles.

— Isso bastará – disse. Mas pensei se 12 legiões de anjos seriam suficientes.

Agora, o curioso era Tomé:

— Senhor, como acharemos o caminho?

Na sua simplicidade, ele me obrigou a repetir o mesmo ensinamento muitas vezes:

— Eu sou o caminho, a verdade e a vida. Nenhum homem chegará ao Pai a não ser por meu intermédio. – Mas, depois de tanto tempo, ele e tantos outros ainda o ignoravam.

Filipe implorou:

— Senhor, mostra-nos o Pai.

— Tenha fé, que o Pai está em mim e eu Nele – repliquei.

Era indispensável que acreditassem, do contrário não realizariam nada. Tomado de amor por eles, ou compaixão pela fraqueza que demonstravam, disse:

— Lembrem-se apenas de que devem amar uns aos outros como eu os amei.

Prevendo os perigos que estariam à espreita, adverti:

— Eu os envio como ovelhas para o meio da alcatéia. Tentem usar a sabedoria da serpente, mas sejam inofensivos como as pombas. Cuidado com os homens. Eles os entregarão aos seus tribunais e os castigarão, segundo o mau juízo de governadores e reis, tudo por minha causa. Nunca antecipem aquilo que irão dizer, pois será revelado na hora do julgamento. Não serão vocês a falar, mas o Espírito de seu Pai. (Disso eu podia dar testemunho.)

Diante de tais palavras, muitos deles se amedrontaram. Poucos estavam propensos a procurar a fé subindo mais alto, indo de encontro ao medo. Assim, acrescentei:

— Não temam os que matam o corpo, mas o Senhor, que tem o poder de lançá-los no inferno.

Isso os fez entender, finalmente, o medo que jaz sob todos os outros medos, mas eles seriam capazes de compreender que a morte não era o fim, mas o começo? Júbilos ou agonias futuras suplantariam tudo o que conheciam. Teria eu conseguido tanto – que não evitassem olhar a face da morte, na esperança de alcançar um veredicto menos severo?

Tudo quanto lhes dissera era verdade, com uma única exceção. Recomendei que se amassem mutuamente, assim como eu os amava, mas meu afeto sempre esteve misturado à ira. No entanto, o ensinamento devia prevalecer, e cuidei de repisá-lo:

— Não existe amor maior do que dar a vida pelo amigo. Devem estar prontos para fazer isso.

Falava como se já os tivesse deixado, mas não os deixaria nunca.

Olhei-os, e alguns me pareceram feios, outros malfeitos de corpo, os narizes deformados, as mãos muito grossas e retorcidas, as pernas tortas. Todavia, eram meus discípulos e meus amigos, jamais deixaria de amá-los. Voltei a preveni-los:

— Eles me perseguirão e os perseguirão porque expus os pecados que cometeram. Antes, não sabiam; agora, não há manto que possa encobrir o mal que praticaram.

Ouvi um troar na vastidão, longe de meu ouvido, apesar de estar dentro dele. A fúria do Diabo era imensa. Se os fariseus já não dispunham de mantos para seus pecados, o Diabo corria o risco de perder sua colheita.

— Tempo virá — disse aos apóstolos — em que pretenderão matá-los na suposição de que assim estarão prestando serviço a Deus. Haverá guerras em Seu nome, mas o Diabo é que lucrará.

Pesava em meu peito a mágoa resultante da partida, pois aquela era nossa última noite juntos, mas precisava ensinar-lhes:

— Sua infelicidade transformar-se-á em alegria tão logo se conheçam e fiquem cientes de que também são filhos do Deus vivo.

Gostaria que essa fosse uma verdade eterna, mas sabia que naquele momento o coração de meu Pai estava ainda mais pesado do que o meu. Não ousei imaginar, mais uma vez, se falhara na maior parte do que fizera. Ao contrário, ergui meus olhos e supliquei:

— Pai, devolvei a glória que tive antes que houvesse o mundo.

A lembrança de que Ele estivera comigo desde sempre me encheu de esperança. Poderia, porém, me dar forças para suportar as provações que teria pela frente?

Humildemente, roguei:

— Pai, se é preciso que me vá deste mundo, meus discípulos permanecerão, e lhes dei a Vossa palavra. Rezo para que os recebais e os mantenhais afastados de todo o mal. Possam eles ser Um Conosco, estando em Nós, tal como estais em mim e eu estou vós. Assim, o mundo acreditará que me enviastes.

Eu pude sentir o amor de Deus, que era como um animal muito belo, cujos olhos ardiam em meu coração.

Com essas preces ainda ecoando dentro do peito, decidi voltar ao Templo, mesmo já sendo noite. Minhas dúvidas iriam comigo e eu as carregaria como um fardo.

Parti.

44

A cada passo, minhas pernas tornavam-se mais pesadas.

Ao chegarmos ao jardim de Getsêmani, ordenei aos discípulos:

– Sentem-se. Vou rezar.

Escolhi Pedro, João e Tiago para me acompanharem, e penetrei no horto, subindo a pequena elevação que havia ali. Era como se meus membros pertencessem a outra pessoa, e eu mal conseguia me mexer.

– Vigiem – recomendei aos três. E especialmente a Pedro: – Não caia em tentação.

Nem eu mesmo sabia o porquê de tal aviso, mas minha alma estava mortalmente pesarosa.

Longe de suas vistas, desabei sobre o frio solo e chorei, pedindo que aquela hora passasse de uma vez, amenizando a minha angústia. Com a fronte porejando sangue, gritei:

– Pai, afastai de mim esse cálice. – Mas a miséria me pertencia; o poço não tinha fundo. Súbito, cheio de autocomiseração, tive medo de meu Pai e ergui-me, clamando por Ele: – Que não seja como quero, e sim como Vós quereis.

Em seguida, retomei o caminho de volta aos três após tolos e os encontrei dormindo. Ralhei:

– Pedro, não conseguiu vigiar nem por uma hora? – Seu rosto revelava um terror tão grande quanto o meu. Pois, na hora da covardia, o que faz um homem forte senão cair no sono? Ele me jurou lealdade, garantindo que montaria guarda. Desculpei-o, dizendo: – Às vezes, o espírito está pronto, mas a carne é fraca.

Tornei a afastar-me e, longe deles, senti nas flores o aroma da traição. Na volta, surpreendi-os dormindo de novo e disse:

– Basta. Eis que a hora é chegada.

Mal acabara de pronunciar essas palavras, Judas surgiu, caminhando direto na minha direção, acompanhado por guardas do Templo e soldados romanos. Diante de mim, ele parou, disse: "Mestre", e me beijou na boca. Foi então que eu soube que ele também me amava, e muito mais do que poderia admitir.

Mas não era tanto. Seus lábios ardiam de febre. Com certeza, dissera aos guardas: "Aquele a quem eu beijar é o que afirma ser o Messias." Imediatamente, deitaram as mãos em mim. Pedro sacou a espada e cortou a orelha de um servo do Sumo Sacerdote. O pobre cobriu-se de sangue, mas eu lhe disse:

– Não sofra mais. – E tocando nele, o curei. Perguntei seu nome, e ele me respondeu: "Malco." Os soldados romanos permaneceram calados e não o socorreram, não o fariam a um judeu, mas recuaram quando sarei a ferida.

– Vieram prender-me como a um salteador? – perguntei aos guardas do Templo.

Ao ouvir isso, eles me agarraram. Tiago e João fugiram. Pedro também sumiu.

Assim, cercado pelos romanos e guardas do Templo, entreguei-me sem resistência.

45

Fui levado à mansão de Caifás. No extremo de um muro muito comprido havia uma fogueira, junto à qual se agrupavam os criados do Sumo Sacerdote. Tendo me seguido discretamente, Pedro estava sentado entre eles, aquecendo-se ao fogo.

Vendaram meus olhos. Um dos homens me esbofeteou e pude ouvir várias vozes, em tom de zombaria:

– Adivinha, Cristo, quem é que bateu.

Alguém cuspiu no meu rosto.

Então vieram os sacerdotes e os anciãos do Sinédrio, seguidos por falsas testemunhas. Dois homens depuseram, assegurando que eu ameaçara destruir o Templo.

– Ele acrescentou que seria capaz de reerguê-lo em três dias – disseram. Mas se confundiram, sem saber se eu usaria ou não as mãos para isso.

Caifás mandou que retirassem a venda que cobria meus olhos. Ele era alto e usava uma barba branca, digna de um profeta. Pôs-se de pé, no meio dos outros, e perguntou, amavelmente:

– Responderá às minhas perguntas?

Não respondi. Meu silêncio deve ter parecido insolente, pois ele bradou:

– Conjuro-lhe, em nome do Deus vivo, para que nos diga se é Cristo, o Filho de Deus, nosso Messias.

Não podia me insurgir nem fazer falso juramento ante o Sumo Sacerdote de meu povo; não, nem mesmo sendo o Filho de Deus e muito superior a qualquer sacerdote. Assim, com a máxima simplicidade, respondi:

– Sou o que diz. – Tais palavras poderiam perfeitamente ter vindo do céu. De fato, pareciam distantes de mim no momento em que as proferi.

Sem demonstrar surpresa, antes, deliberadamente, o Sumo Sacerdote rasgou sua túnica e exclamou:

— Já não precisamos de testemunhas. Todos ouviram a blasfêmia.

Ao rasgar suas vestes, Caifás dissera a todos que eu não era Filho do Senhor, mas um filho dos judeus. Pelo vínculo que nos unia, o sangue de nosso povo, eu era seu descendente. Condenado por ele, devia ser pranteado como se morto já estivesse.

Perdidos os últimos resquícios de medo, os guardas lançaram-se sobre mim e me bateram e cuspiram.

Pedro continuava sentado num banco, no ponto mais afastado do muro. Indo até ele, uma serva perguntou:

— Não era você um daqueles que estavam com Yeshua de Nazaré, no Templo?

— Nem sei de que está falando — respondeu ele.

Dito isso, levantou-se e afastou-se do fogo, apesar do frio da noite. No entanto, outra criada o viu e disse:

— Vejam, esse é um dos partidários de Jesus.

Novamente, ele me negou:

— Mulher, sequer o conheço.

Mas um homem apareceu e lhe disse, rindo:

— Você é galileu. Vê-se pelo sotaque.

Aflito, Pedro declarou:

— Que querem de mim? Não conheço esse homem.

Então, ainda que a manhã não tivesse raiado, o galo cantou e Pedro lembrou o que eu dissera.

Ele deixou o átrio chorando e sua tristeza me contagiou, ferindo-me como a ponta de uma lança. Pelo resto da vida, tentaria desculpar-se por aquela hora.

Assim que Caifás e os outros membros do Sinédrio se retiraram, fui jogado numa estreita masmorra, onde passei a noite sem poder dormir, pensando no que fazer. A traição de Judas pouco importava; ele me avisara com bastante antecedência. Agora, seu conselho até que seria benquisto. De todos os meus discípulos, ninguém explicara melhor o conluio dos nossos sacerdotes com as autoridades romanas. Eu sabia que no dia seguinte tudo dependeria do acordo entre Caifás e o procônsul da Judéia.

Judas contara como aqueles dois homens garantiam a paz, em Jerusalém. Pôncio Pilatos mantinha seus soldados distantes do Grande Templo, e Caifás não permitia que judeus mortos em luta contra os romanos tivessem funerais ortodoxos.

Assim, eles preservavam a ordem. Os romanos conservavam sua crença pagã e os judeus a fé num único Deus, mais poderoso do que todos os ídolos gentios e que todos os demônios. O entendimento não se limitava à esfera religiosa. Conforme Judas me contara, o procônsul romano recebia secretamente uma parte do ouro destinado ao Templo; isso fazia muita diferença no modo como tratava os judeus. No primeiro ano de governo, Pilatos cometera o erro de exibir os estandartes de sua guarnição, encimados pelas águias romanas, no recinto da cidade sagrada. A idolatria provocou revolta e um grande número de judeus reuniu-se diante de sua residência, recusando-se a deixar o local. Cercada pelos legionários, a massa foi advertida no sentido de partir ou morrer. Mas ninguém se moveu e Pilatos teve que ceder. Os judeus foram bravos e hábeis, valendo-se da péssima repercussão que um levante produziria em Roma, logo ao início de uma nova administração. Nos cinco anos subseqüentes, a paz foi preservada, embora Pilatos conduzisse seus negócios com um temor permanente de novas rebeliões.

Caifás, Sumo Sacerdote há mais de dez anos, tinha igual horror a sublevações violentas. Judas me garantiu isso, e não vacilava em demonstrar seu descontentamento por eu me recusar a assumir a liderança de uma sedição. Os judeus só poderiam conhecer a fraternidade humana depois de se livrarem dos romanos, dizia ele. Essa era a única forma de nos livrarmos da vergonhosa divisão que opunha uns poucos ricos aos numerosos pobres, todos subservientes à dominação estrangeira. Ficou furioso quando lhe disse que só queria levar o povo até meu Pai, nada mais. No caminho para Jerusalém havíamos conversado bastante a respeito e, realmente, eu permanecera inocente de qualquer incitação contra os símbolos do poder daqueles pagãos. Mas não me sentia subserviente diante deles. Suas garras tinham poder aqui na terra, mas comparadas ao Reino dos Céus não valiam coisa alguma.

Isso me daria alguma esperança? O fato de eu não ter desejado ser líder de uma revolta? Minhas pernas já se dobravam ao peso de suas misérias e os ferimentos do meu rosto estavam inchados. A masmorra parecia-me mais negra do que a noite.

46

Ao nascer do sol, fui tirado da casa de Caifás e levado a uma pequena câmara perto do palácio de Pôncio Pilatos. No caminho, um dos guardas disse que Judas devolvera as trinta moedas de prata que havia recebido dos fariseus.

— Agora, os sacerdotes não sabem o que fazer com o dinheiro. Não seria lícito recolocá-lo no tesouro: está sujo de sangue.

Depois se soube que Judas atirara fora as moedas e, logo em seguida, buscara uma árvore para se enforcar. Isso acontecera três horas antes.

Mas como? Do que Judas se arrependera? Da sua falta de fé em meu Pai? Da sua deslealdade comigo? Calei-me; com um lado do meu coração mergulhado na tristeza, sentia vontade de chorar.

Conduziram-me à presença de Pôncio Pilatos. Baixo, nariz pontudo e ombros pronunciados, ele também possuía joelhos salientes, como se tivesse ascendido às posições que alcançara graças à agilidade de sua mente e de suas juntas. De fato, os narigudos costumam ser inteligentes. Não aparentava nenhuma benevolência, mas era cauteloso e não desejava minha morte. Ao contrário, olhava-me como seu fosse um vento forte, portador de maus presságios.

Dirigindo-se aos sacerdotes, perguntou:

— De que acusam esse homem?

Eles responderam:

— É um malfeitor, Senhor, que está tentando submeter nossa nação.

— Levem-no daqui — ordenou Pilatos. — Julguem-no de acordo com suas leis.

Mas isso lhes era vedado: a festa da Páscoa já começara, e nenhuma junta do Sinédrio poderia reunir-se num sábado; por outro lado, só os romanos tinham o direito de executar sentenças capitais. Pressionado pelos fariseus, Pilatos deixou a sala para refletir; ao retornar, interrogou os sacerdotes; eles mentiram a meu respeito, dizendo que eu conclamara o povo a não pagar tributos e que me autointitulava rei.

Encarando-me, Pilatos perguntou:

— É o rei dos judeus?

– É o que dizem? – repliquei.

– E por acaso sou judeu? Seus sacerdotes o trouxeram aqui. O que você fez?

– Meu reino não é deste mundo – respondi.

Parecendo preocupado, e reparando nos ferimentos do meu rosto, ele insistiu comigo:

– No entanto, você é um rei.

– Posso apenas dar o testemunho da verdade.

Descrente, mas falante, ele argumentou:

– O que é a verdade? Onde ela impera não há paz. E onde a paz perdura não existe verdade alguma.

Meus captores emitiram pequenos sinais de discórdia. Ainda que os judeus piedosos nada soubessem, pelo menos a verdade eles supunham conhecer. E, naquela manhã, a verdade deles impunha a minha condenação.

Notando a reação insatisfeita dos sacerdotes, Pilatos prosseguiu:

– Sim, o que é a verdade? Na propriedade há verdade, e na terra, especialmente na propriedade da terra. Por isso é que a verdade maior está na lei da terra. Você é galileu, portanto não está sob a minha jurisdição, mas sob a de Herodes, rei da Samaria, Iduméia e Galiléia. Na verdade, ele está em Jerusalém, visitando minha corte. Falou a seu respeito e demonstrou desejo de lhe conhecer, talvez na esperança de assistir a algum milagre. Pode realizar milagres na corte dos gentios? – Pilatos sorriu. – Aqui, quem sabe, nossos deuses sejam mais poderosos do que o deus dos judeus...

Assim, arrastaram-me ao longo de muitos pátios até os aposentos de Herodes Antipas. Gordo e calado, ele estava na companhia de uma bela mulher e, quando seus soldados riram de mim por causa da túnica imunda que me cobria, ordenou que fossem buscar uma digna de um rei, ou pelo menos de um oficial do rei.

Então falou:

– Em Jerusalém, você está na jurisdição de Pôncio Pilatos. – Disse isso com satisfação. Evidentemente, não queria intrometer-se com o primo de um profeta, outros que cuidassem dele. – Já que é um galileu e vem de terras sob minha responsabilidade, irei devolvê-lo a Pôncio Pilatos adequadamente vestido. – Atormentado pela visão sangrenta da cabeça de João Batista, ele não me fitava. Sua mão segurava o corpo da mulher.

Sempre escoltado pelos guardas, retornei a Pôncio Pilatos e a Caifás, que me olhou como se ele também tivesse passado a noite acordado.

Quando entrei, o procônsul falava:

– Mandaram-me este homem como alguém que subverte o povo. Mas não encontrei falta que corresponda à acusação de que ele fomenta motins contra os romanos. Herodes tampouco, pois o cobriu com a túnica púrpura. Portanto, após castigá-lo, soltá-lo-ei. Só condenaria à morte um malfeitor atroz.

Percebia-se que aquilo não era uma discussão lógica, mas um jogo. Um tanto triste, Caifás, no entanto, sorria, ciente de que a justiça romana não lhe sairia barata. Pôncio Pilatos estaria pronto a me sentenciar conforme ele queria, mas mediante um bom preço.

Como que respondendo aos meus pensamentos, o romano mudou de conversa:

– Se insistir, sim, condenarei esse homem, mas é mesmo necessário? Hoje é um dia de festa. Tanto que nossas leis estipulam que na Páscoa dos hebreus devo libertar um prisioneiro. Permitiriam que mande soltar esse rei dos judeus?

Desesperados, os sacerdotes olhavam em torno, em busca de uma resposta. Eram anciãos do Templo, escribas e fariseus, além de alguns cidadãos muito ricos que costumavam andar à sua volta. Meu povo estava ausente. Pobres ou ricos, mas tímidos, quase todos semi-analfabetos, temiam os romanos. Tarde demais, eu entendia que a voz da multidão é como o vendaval, capaz de causar estragos, nada mais.

Quando Pilatos perguntou quem devia ser libertado, o grupo, leal aos sacerdotes, respondeu: "Barrabás!" Já tinha ouvido falar dele: fora encarcerado por ter morto um soldado romano.

O procônsul sorriu. Num caso desses, a lei romana custaria ao Templo uma quantia divina. Mais abertamente do que antes, Caifás também sorriu, como se dissesse: "Posso suportar esse fardo."

– O que farei, então, de Jesus, chamado Cristo? – indagou Pilatos.

– Crucifique-o! – gritaram em coro. Isso pareceu suscitar o interesse do romano.

– Por quê? Que grande mal fez ele?

Afinal, se queriam assistir a um suplício dessa ordem, não seria preferível impô-lo a Barrabás? Os romanos acreditavam que bons julgamentos serviam à ordem pública, e reprimiam com dureza os assassinatos, crimes que puniam com a pena capital nas suas formas mais severas. A blasfêmia, contudo, não passando de um insulto a uma divindade, podia ser aplacada com uma prece ou até mesmo mediante a transferência do culto para um deus alternativo. A seus olhos, portanto, os profetas não mereciam mais estima do que os mercadores. E um negociante desonesto deve ser multado, não executado. Talvez Pilatos tenha se surpreendido com a reação, mas acabou entendendo que a virtude, segundo os judeus, não se apóia nas relações terrenas, mas na punição do pecado.

Assim, ele solicitou um jarro d'água e lavou as mãos, dizendo:

– Estou inocente do sangue desse homem. – Foi sua maneira de aceitar a decisão da turba.

Sincero e arrogante, Caifás replicou:

– Que o seu sangue caia sobre nós e sobre nossos filhos. – Sua fé era profunda o suficiente para que ele incluísse a descendência no voto que fizera; Pilatos só ganharia uma gorjeta.

Estive prestes a gritar que meu sangue se verteria não somente sobre seus filhos, mas sobre os filhos de seus filhos e todos os que deles descendessem, numa sucessão de catástrofes. Mas continuei em silêncio, certo de que aquelas pessoas também faziam parte do meu povo.

Levado à caserna, fui quase inteiramente despido e deixado com uma simples tanga e a túnica púrpura recebida de Herodes. Os soldados trançaram uma coroa de espinhos e a colocaram em minha cabeça, forçando-a contra a carne, até que o sangue escorreu pela minha face, e à guisa de cetro puseram na minha mão direita uma haste de junco.

Curvando-se diante de mim, tocando o solo com os joelhos diziam:

– Salve o rei dos judeus.

Com uma crueldade tipicamente romana, cuspiram em meus pés e me chicotearam.

Em pouco tempo fiquei só de tanga, e para cobrir minha seminudez eles devolveram as vestes que eu usava ao ser aprisionado. Senti-as cair suavemente sobre a minha pele como a mão do Senhor sobre um recém-nascido.

47

À saída do palácio de Pôncio Pilatos, encontrei um homem de nome Simão, um cireneu a quem tinham incumbido de carregar minha cruz. Por isso me escarneceram quando ficara nu, diante deles: eu não era mais o carpinteiro da Galiléia que trabalhava com vigor todos os dias; só me restavam os ossos. Ao redor, os risos e chacotas recrudesceram e voltaram a me chamar de rei dos judeus.

Seguido por muitas mulheres que me pranteavam, chegamos a um lugar chamado Gólgota. Atrás delas, divisei as fisionomias de alguns dos meus discípulos, que haviam voltado, e pensei que não me empenhara em tentar salvar o mundo através dos esforços das mulheres, apenas do empenho dos homens. Com a garganta seca, só pude lhes dizer:

– Filhas de Jerusalém, não chorem por mim, mas por seus filhos. Está perto o dia em que eles darão graças pelos ventres que nunca geraram e os seios que nunca amamentaram.

Lembrei-me da figueira que amaldiçoara e pedi perdão por isso, também; recordei meu tempo de carpinteiro, quando costumava rezar para que a madeira não se quebrasse.

No meio da multidão, vi minha mãe. Logo me apartariam dela. Era tarde demais para compreender seu amor. Eu fora uma dádiva do Senhor, e na reverência que me tinha, ela prodigalizara seus cuidados. Vivendo em constante temor, praticamente desconhecia o próprio filho. Naquela hora, entretanto, sofria muitíssimo por mim. Eu lhe pertencia de novo. Ao seu lado estava meu discípulo Timóteo, e então eu disse a ela:

– Não chore. Estou voltando para meu Pai. Mulher, aqui tens teu filho. – E olhando Timóteo nos olhos: – Eis tua mãe. – Aquele discípulo paciente e generoso acenou a cabeça, prometendo recebê-la em sua casa e cuidar dela.

Não muito distante, vi Maria Madalena. Diferentemente do que dissera às carpideiras, sussurrei:

– Tenha esperança. Gere filhos. Pois Deus te perdoou.

Duas cruzes me ladeavam na colina do Gólgota, e nelas haviam sido pregados dois ladrões. Gritavam de dor. Pilatos aproximou-se e reparou numa tabuleta amarrada no meu pescoço, cujos dizeres eram: "Jesus de Nazaré, Rei dos Judeus." A maior parte dos sacerdotes do Templo tinha preferido ir embora, mas, dentre aqueles que ficaram, um reclamou:

– Não devia estar escrito assim, pois ninguém se torna rei apenas por se intitular dessa forma. O que esse galileu disse não tem valor algum.

Pilatos replicou:

– O que está escrito está escrito.

Seu propósito era evidente. Se falassem de mim, no futuro, como tendo sido de fato o Rei dos Judeus, ele teria sido um dos primeiros a concordar, permitindo inclusive que eu ostentasse o título até a morte. Caso contrário, seria elogiado por te me exposto ao ridículo. Como bom romano, raciocinava rápido, tentando beneficiar-se de duas conclusões que se excluíam mutuamente. Eu começava a compreender como sua nação conquistara grande parte do mundo, mas estava aprendendo tarde demais.

Os soldados me levaram até uma terceira cruz que jazia no chão. A madeira era rústica, pregada com golpes negligentes de martelo. Ofendi-me que tivesse sido tão pobremente construída, mas eles tiraram minha roupa e me fizeram deitar sobre ela, e me obrigaram a estender os braços.

Tomei fôlego na manhã sombria. Estava novamente sozinho e nu, exceto pela tanga.

48

Pregaram um cravo em cada um dos meus pulsos e outro atravessando cada um dos meus pés. Não gritei. Mas vi os céus se dividirem. Dentro do meu crânio, cintilou uma luz que me fez enxergar as cores do arco-íris; minha alma iluminou-se de dor.

Quando levantaram a cruz do chão foi como se eu subisse mais alto e com mais dor ainda – um sofrimento tão vasto quanto os mares. Perdi a consciência. Ao abrir os olhos os legionários estavam ajoelhados a meus pés. Discutiam como dividir minha velha túnica entre eles. Mas ela era tecida de um extremo ao outro sem costuras, e acabaram resolvendo disputá-la nos dados:

– Vamos jogar a sorte. Só servirá para um.

O que ganhou levou-a, pendente do braço, como a pele solta de uma cobra, e me fez lembrar a mulher que tinha sido curada de um sangramento ao tocar meu traje.

Alguém gemeu e alguém disse qualquer coisa. Olhei os dois ladrões, à minha direita e à minha esquerda. Abaixo de nós, um homem zombou:

– Ele ajudou a muitos, que ajude agora a si mesmo.

E outro acrescentou:

– Se ele é o Filho de Deus, onde está seu Pai?

O ladrão que estava do meu lado direito implorou:

– Se você é o Cristo, salva-me!

Esse é um criminoso, só quer saber da própria vida, pensei. Mas o outro ladrão disse:

– Senhor, lembre-se do meu rosto quando entrar em seu Reino.

E a esse eu disse:

– Ainda hoje estarás comigo no paraíso.

Não podia atinar se ele acreditava em minhas palavras ou se sequer as ouvira. Minha voz era menos que um murmúrio. Mas mesmo na hora da necessidade continuei fiel ao velho hábito de fazer promessas a todos.

Ainda era manhã, mas a escuridão descera à terra. Recitei, no íntimo, um verso dos Salmos: "Meus ossos queimaram com o calor; minhas entranhas fervem e minha pele está negra."

Exatamente como Jó passara da febre ao calafrio, que é bem pior, assim tremia eu, na minha tanga. Nu, gritei:

– A face do abismo é gelada!

Não podia ouvir a resposta de Deus. Quando disse que tinha sede, um dos soldados se apresentou para me oferecer vinagre. Recusei, pois vinagre só faria aumentá-la. Ele me provocou:

– Rei dos judeus, por que não desce da cruz?

E eu me lembrei do que estava escrito no Segundo Livro dos Reis: "Não tinha ele me enviado aos homens, a fim de que pudessem comer seu próprio estrume e beber sua própria urina?"

Gritei para meu Pai:

– Não permitirais um milagre?!

Ele falou ao meu ouvido, mais alto do que minha dor:

– Queres anular Meu julgamento?

Repliquei:

– Não enquanto tiver fôlego.

Mas meu tormento prosseguia. A agonia estava escrita no céu e a dor descia a mim sob a forma de raios, em ondas de lava. Orei novamente, suplicando por um milagre.

Se acaso meu Pai não me ouvisse, eu não era mais o Filho de Deus. Que terrível ser não mais do que um homem. Eu gritei:

– Senhor, por que me abandonastes?

A única resposta foi o eco do meu grito. Ante a visão do Jardim do Éden, recordei as palavras do Senhor a Adão: "Podes comer livremente, mas da Árvore do Bem e do Mal não comerás."

A voz de meu Pai chegava ao Gólgota como um trovão, mas a dor tinha consumido a minha fé.

Deus era meu Pai, mas eu me sentia no direito de questionar seu poder. Seria, mesmo, Onipotente? Igual a Eva, desejei o conhecimento do bem e do mal. E foi minha própria voz que ouvi, afirmando que Ele era um deus, mas havia outros, e que se falhara com Ele, também Ele tinha falhado comigo. Por isso, talvez, eu estivesse na cruz.

Um dos soldados pegou uma esponja embebida em vinagre e, desta vez, pressionou-a de encontro aos meus lábios, rindo-se de mim.

O gosto era tão infame que gritei com a última das indignações divinas que me restavam, e fitei sua face.

– Quer saber? – disse ele. – Rezei para que fosse Barrabás. Gostaria de torturá-lo, esfregando minha vileza na sua face.

Naquele instante, o Diabo me falou.

– Junte-se a mim – disse, num sussurro. – Será um prazer apresentar a esse belo romano algumas humilhações que posso infligir aos homens. Não há nada melhor do que a vingança. E o descerei da cruz.

Era uma tentação. Mas meus olhos encheram-se de lágrimas ardentes como o fogo, pois um pensamento me impedia de aceitar. A Satã, só poderia dizer não. Apesar de tudo, sabia que o suplício da cruz era necessário, e que, tal como eu, sendo verdadeiramente meu Pai, também Ele fizera tudo quanto fora possível. Muitos problemas O afligiam e alguns tinham pouco a ver com Seu filho. Estaria exausto, talvez? Como eu ficara, ao caminhar no Jardim de Getsêmani?

Auxiliado por essa reflexão, tão apaziguadora quanto a presença da própria morte, bani de mim a voz do Diabo, voltando ao mundo onde jazia na cruz.

A dor não diminuíra, mas eu não queria morrer com uma blasfêmia no coração. Ensinara aos discípulos que eles poderiam ser mortos por pessoas desejosas de prestar serviço a Deus, e tais palavras retornaram a mim – um conforto, na hora final. Eu disse:

– Senhor, eles não vêem. Vieram ao mundo vazios e assim partirão. Vivem bêbados. Perdoai-os. Eles não sabem o que fazem.

Minha vida esvaía-se, incorporando-se ao Espírito. Mal tive tempo de dizer: "Está acabado." Então eu morri. E é verdade que morri antes que me furassem o flanco com a lança. Sangue e água correram de mim, assinalando o fim da manhã. Vi uma luz branca, muito distante, brilhando no céu. No último momento, pensei nos pobres e na beleza que via neles, esperando que fosse verdade aquilo que os apóstolos logo começaram a pregar: que fora por eles que eu morrera na cruz.

49

Ao longo da vida daqueles que vieram depois de mim, algumas pessoas que me conheceram deram-se ao trabalho de escrever piedosas escrituras, e mesmo uns poucos que não tiveram contato comigo registraram evangelhos. (Esses se consideravam ainda mais devotos!) Escribas posteriores – agora chamados de cristãos – tinham ouvido falar de minhas jornadas. Acrescentaram muita coisa, inclusive anjos ascendendo no momento da minha morte. Outros descreveram um relâmpago, que teria rompido o grande dintéu do Templo naquele dia. Falaram de rochas se partindo e túmulos se abrindo, e alegaram que quando os cravos foram retirados de meus pulsos e tornozelos e fui posto no chão, a terra tremeu. Chegaram a descrever a ressurreição de profetas e sua marcha rumo à cidade sagrada e a dizer que o povo clamava: "Verdadeiramente, esse era o Filho de Deus."

Muitos daqueles que desfrutaram da minha intimidade cometeram exageros; realmente, possuíam tão pouca fé em mim ou no Pai que não lhes bastou a verdade pura e simples – o que não seria pouco, conforme testemunharam. Portanto, assim como Daniel, nada mais me resta senão selar meu evangelho e esperar que ele perdure.

Todavia, não posso fazê-lo. Pois devo falar do que foi dito depois que me fui. Muitas histórias me foram contadas, nem tão distantes assim dos fatos que conheci. De fato, ressuscitei no terceiro dia. Mas meus apóstolos acrescentaram fábulas a seus relatos. Quando um homem vê um prodígio, Satanás acrescenta o seu fermento, aumentando suas proporções.

É verdade que na tarde de minha morte um dos meus discípulos, um homem muito rico chamado José de

Arimatéia, procurou Pôncio Pilatos em segredo e pediu-lhe permissão para levar meu corpo. Em troca de uma boa soma o governador de Jerusalém concordou. Ajudado por um tal de Nicodemus, esse homem me lavou com uma mistura de mirra e babosa e me vestiu roupas novas, envolvendo-me num sudário de linho perfumado, tal como nós, judeus, enterramos os mortos. Perto de onde eu tinha sido crucificado havia um jardim, e nele um sepulcro, recém-aberto na rocha. José de Arimatéia preparara aquele lugar para si mesmo, mas na sua generosidade me pôs lá. Fui colocado, portanto, na tumba de um homem rico. Depois de rolarem uma pedra grande, para vedar a porta, eles foram embora.

Enquanto isso, Caifás e alguns de seus sacerdotes estavam mergulhados em graves pensamentos. Não podiam ter certeza acerca da prudência do que haviam feito. Na noite de minha morte, muitos bons judeus bateram no peito, murmurando: "Nossos pecados trarão desgraça sobre nós." Os fariseus não desejavam que alguma catástrofe vitimasse o povo ou eles próprios. Assim, na manhã seguinte à minha morte, procuraram Pilatos e o puseram a par da minha profecia, segundo a qual eu voltaria dos mortos após três dias; pediram ao procônsul que salvaguardasse o sepulcro durante esse período.

— De outro modo – disseram –, os discípulos de Jesus podem carregá-lo à noite e dizer ao povo que ele ressuscitou. Se isso acontecer, o mal se multiplicará.

Sem ter recebido o que lhe haviam prometido, Pilatos recomendou que cuidassem eles mesmos da vigilância. Reiterando:

— Estou limpo do sangue daquele homem. São vocês os responsáveis.

Tomando tais palavras como ameaça, eles resolveram entregar a soma combinada. Então, o governador encarregou Petrônio, o centurião, de montar guarda no túmulo com sua tropa. Os romanos colocaram sete selos na grande pedra e ficaram de prontidão.

Alguns dizem que houve um terremoto, que um anjo do Senhor, branco como a neve, desceu do céu e afastou a pedra. Os guardas fugiram.

Outros contam que na manhã do terceiro dia, muito cedo – prova que a morte pode juntar a meretriz e a mulher virtuosa –, Maria Madalena dirigiu-se ao sepulcro e encontrou Maria, minha mãe. Ambas dispuseram-se a realizar os ritos adequados. Mas quem rolaria a pedra?

Pensando nisso, elas repararam que a tumba estava aberta. Podiam entrar. Dentro, encontraram um jovem vestido de branco que lhes disse:

– Procuram Jesus de Nazaré, mas ele ressuscitou. Digam aos seus discípulos que ele partiu na direção da Galiléia, e que é lá que o verão.

Nisso pode existir alguma verdade. Pois sei que ressuscitei no terceiro dia, e recordo ter deixado o sepulcro para vagar entre a cidade e o campo, e houve uma hora em que apareci entre meus discípulos.

– Por que estão tristes? – perguntei. Mas eles não me reconheceram. Tomaram-me por um forasteiro, ignorante do que se passara, e chegaram mesmo a me dizer:

– Nossa tristeza é por Jesus de Nazaré, um poderoso profeta que nossos governantes crucificaram.

Foi preciso que lhes chamasse a atenção:

– Vejam minhas mãos e meus pés!

Olhando, Tomé viu as chagas e pediu para tocá-las (eis por que é conhecido, até hoje, como Tomé sem Fé). No entanto, foram aquelas feridas que o levaram a crer. Não demoraria muito, todos os presentes diriam que eu fora recebido no céu e estava sentado à direita de Deus, meu Pai. Em todo caso, a essa altura eu já tinha ido embora e eles não podiam mais me ver. De um jeito ou de outro, meus discípulos preservaram e pregaram que o Senhor estava com eles. Acreditaram, finalmente, no poder que possuíam de expulsar os demônios. Tornaram-se capazes de se expressar em várias línguas e inclusive realizaram umas poucas curas.

Mas os judeus se dividiram em relação à minha morte. Muitos aceitaram a palavra de meus discípulos e se uniram a eles, adotando o nome de cristãos; outros permaneceram fiéis ao Templo e passaram os cem anos seguintes discutindo se eu era ou não o Messias.

Os mais ricos e os piedosos preponderavam; o Messias não poderia ser um homem pobre com um sotaque rústico. Deus não o permitiria!

Contudo, deve-se frisar que muitos dos atuais cristãos são ricos e piedosos, e temo que nem um pouco melhores do que os fariseus. Em verdade, freqüentemente superam a hipocrisia dos que me condenaram no passado.

Muitas igrejas foram erigidas em meu nome e em nome dos apóstolos. A maior delas, a mais sagrada, homenageia Pedro; é um lugar de grande esplendor, em Roma. Em nenhum lugar do mundo há tanto ouro.

Deus e Mamon ainda disputam os corações de homens e mulheres. Ainda assim, como a contenda permanece tão igual, não se pode dizer quem triunfará – o Senhor ou Satã. Continuo à direita de Deus, tentando ser cada vez mais sábio e pensando em muitos com amor. Minha mãe é muito venerada. Numerosas igrejas a enaltecem – talvez mais do que as existentes em meu próprio louvor. E ela está satisfeita com seu filho.

Meu Pai, porém, não me fala com freqüência. Ainda assim, eu O honro. Não duvido que Ele me ame tanto quanto pode, mas Seu amor não é ilimitado. Além do mais, Suas guerras contra o Demônio tornam-se mais acirradas. Grandes batalhas têm sido perdidas. No último século deste segundo milênio, sucederam-se holocaustos, conflagrações e pragas piores do que quaisquer outras já ocorridas.

A grande maioria segue acreditando que Deus obteve uma grande vitória através de mim. E talvez o Diabo não fosse esperto o bastante para compreender a extensão da sabedoria divina. Pois meu Pai soube recuperar-se da derrota e do desastre. Cerca de cinqüenta anos após minha morte, o Evangelho de João começou a ser difundido, e a obra desse João (desconhecido para mim) pode ter sido iluminada por Ele, pois algumas palavras se tornaram inesquecíveis. Por exemplo: "Deus amou o mundo tanto e de tal forma que entregou Seu Filho único, a fim de que todos que acreditassem nele se livrassem da morte, alcançando a vida eterna." Tão poderosa é a força dessa mensagem que nenhum outro profeta jamais teve tantos discípulos, tão prontos a morrer em seu nome. Evidentemente, eu não era apenas um profeta, mas Seu filho.

Mas porque a verdade é mais preciosa do que o céu, deve ficar claro: Meu Pai não pôde vencer Satanás. Menos de quarenta anos após eu ter morrido na cruz, um milhão de judeus foram mortos numa guerra contra Roma, e do Grande Templo não restou nada além de um muro. A sagacidade Dele, contudo, tem sido insuperável. De fato, Ele compreendeu homens e mulheres melhor do que o Diabo, aprendendo a ganhar com a derrota, atribuindo-se vitórias. Nos dias atuais, muitos cristãos acreditam ter obtido tudo, antes mesmo de terem nascido, graças ao meu sacrifício na cruz. Isso significa que eu ainda sirvo aos objetivos de meu Pai. É por intermédio de minha bênção que o Senhor envia Seu amor às criaturas, enquanto tento manter-me como a fonte do mais terno amor.

Não posso esquecer, evidentemente, o que disse Pôncio Pilatos – que não há verdade na paz nem paz na verdade. Por isso não trago a paz, mas a espada. Sinto-me disposto a travar quantas guerras for preciso, enfrentando os que nos fazem mesquinhos ou menos generosos. Detestaria ser convencido pelo Diabo de que a ganância br3ota de uma fonte tão nobre, e que seja ele o espírito da liberdade. Quem, senão Satã, nos apontaria um caminho fácil? Pois o amor não é o caminho seguro que nos levará a bom termo; ao contrário, é a recompensa que recebemos no fim da árdua estrada da vida. Penso muito na esperança que se oculta na face dos pobres. E do fundo da minha tristeza extraio uma compaixão imutável e uma vontade imbatível de viver e regozijar-me.

fim

EDIÇÕES
BestBolso

Este livro foi composto na tipologia Minion, em
corpo 10,5/13, e impresso em papel Off-set 70 g/m² no Sistema
Cameron da Divisão Gráfica da Distribuidora Record.